中国年度
优秀诗歌
2020卷

杨志学 主编
董进奎 副主编

新华出版社

图书在版编目（CIP）数据

中国年度优秀诗歌. 2020卷 / 杨志学主编.
－－ 北京: 新华出版社, 2021.3
ISBN 978-7-5166-5690-7

Ⅰ. ①中… Ⅱ. ①杨… Ⅲ. ①诗集－中国－当代
Ⅳ. ①I227

中国版本图书馆CIP数据核字（2021）第037626号

中国年度优秀诗歌. 2020卷

主　　编：杨志学	
责任编辑：李　成	封面设计：李尘工作室
出版发行：新华出版社	
地　　址：北京石景山区京原路8号	邮　　编：100040
网　　址：http://www.xinhuapub.com	
经　　销：新华书店、新华出版社天猫旗舰店、京东旗舰店及各大网店	
购书热线：010-63077122	中国新闻书店购书热线：010-63072012
照　　排：臻美书装	
印　　刷：北京明恒达印务有限公司	
成品尺寸：150mm×230mm　1/16	
印　　张：24.5	字　　数：310千字
版　　次：2021年3月第一版	印　　次：2021年3月第一次印刷
书　　号：ISBN 978-7-5166-5690-7	
定　　价：55.00元	

版权专有，侵权必究。如有质量问题，请与出版社联系调换：010-63077124

目录 CONTENTS

一辑 名家新作

致父辈们（外一首）……………………………… 吉狄马加 / 2
爱身边每一个人（外一首）……………………… 赵丽宏 / 4
冷脸的月亮（外一首）…………………………… 叶延滨 / 7
这一柜朋友的赠书（外一首）…………………… 邵燕祥 / 9
蔬菜老了都是花（外一首）……………………… 傅天琳 / 11
下雪了（外一首）………………………………… 张　烨 / 13
可可托海（外一首）……………………………… 宗仁发 / 15
锻　打（外一首）………………………………… 黄亚洲 / 17
鼓浪屿的琴声（外一首）………………………… 李少君 / 19
路　过（外一首）………………………………… 陆　健 / 21
向　上（外一首）………………………………… 阎　安 / 23
大　雪（外一首）………………………………… 梁晓明 / 25
种子影院（长诗节选）…………………………… 欧阳江河 / 27
二月（外一首）…………………………………… 王家新 / 29
古城之魅…………………………………………… 李　琦 / 31
村　口（外一首）………………………………… 车延高 / 32

金丝燕简史（外一首）	臧棣 / 34
仅此（外一首）	谢克强 / 37
船娘（外一首）	田禾 / 39
赠人（外一首）	华万里 / 41
命运与谶	宋琳 / 42
一次延误	陈东东 / 44
草原（外一首）	刘向东 / 46
简史考	王久辛 / 48
无穷爱	郁葱 / 50
夜晚	沈苇 / 51
乌珠穆沁的马	曹宇翔 / 52
我赞成保留死刑（外一首）	侯马 / 53
弹奏（外一首）	娜夜 / 55
像空气一样存在的爱	潇潇 / 57
布拉格即景	高兴 / 58
醉竹（外一首）	曲近 / 59
北戴河	李自国 / 61
童诗二首	张庆和 / 63
每天为这里写首诗（外一首）	唐诗 / 65
哈萨克冬牧场（外一首）	彭惊宇 / 68
戈壁素描（外一首）	马丁 / 70
悬空寺	马淑琴 / 72

二辑　实力方阵

收成（外一首）	潘永翔 / 76
山谷（外一首）	人邻 / 78
去成都（外一首）	宗焕平 / 80
海是有生命的翡翠（外一首）	陈群洲 / 82

| 但是没有（外一首）…………………………… 代　薇 / 84
| 林中漫步（外一首）…………………………… 杨志学 / 85
| 春天回来（外一首）…………………………… 川　美 / 87
| 钟表与口琴（二首）…………………………… 董进奎 / 89
| 海之礼遇（外一首）…………………………… 冬　青 / 91
| 恳　求（外一首）……………………………… 刘高贵 / 93
| 早晨的列车（外一首）………………………… 温　古 / 95
| 当年我用枫叶写过信（外一首）……………… 李　皓 / 97
| 雨　中（外一首）……………………………… 李以亮 / 99
| 麦草人（外一首）……………………………… 杨　梓 / 101
| 钻　孔（外一首）……………………………… 杨炳麟 / 103
| 异乡人（外一首）……………………………… 王　键 / 104
| 遇　见（外一首）……………………………… 方文竹 / 106
| 爱江山的理由（外一首）……………………… 盘妙彬 / 108
| 我在等它一脚踏空（外一首）………………… 卢卫平 / 110
| 格　局（外一首）……………………………… 北　乔 / 112
| 我睡在我的身体里（外一首）………………… 罗鹿鸣 / 114
| 风在追我（外一首）…………………………… 亚　楠 / 116
| 白　鹭（外一首）……………………………… 魏天无 / 118
| 论短暂（外一首）……………………………… 毛　子 / 120
| 下扬州（外一首）……………………………… 崔世广 / 122
| 冰与火（二首）………………………………… 徐丽萍 / 124
| 夜晚，空镜头的城市（外一首）……………… 孙　萌 / 126
| 那片坐在山巅的云（外一首）………………… 马启代 / 128
| 广陵碎词（外一首）…………………………… 沙　克 / 130
| 大美新疆（二首）……………………………… 王芬霞 / 132
| 领带的发明者（外一首）……………………… 安　谅 / 134
| 烟　囱（外一首）……………………………… 徐小华 / 136
| 迂　回（外一首）……………………………… 冰　风 / 138

拉二胡的人（外一首）	冰　水 / 140
高处寒风几回度，一切终为土（外一首）	宗德宏 / 142
春天掉下的松塔（外一首）	阿　毛 / 144
黑白照（外一首）	陈修平 / 146
以　前（外一首）	武　稚 / 148
在边缘（外一首）	滕朝阳 / 150
泡　沫（外一首）	剑　男 / 152
吾是我（外一首）	沉　河 / 154
起　飞（外一首）	宋　遨 / 156
故　乡（外一首）	牛　敏 / 157
解冻的日子（外一首）	刘洁岷 / 158
花朵的星辉（外一首）	雁　飞 / 160
与故乡书（二首）	王小林 / 162
过期的糖（外一首）	王　晖 / 164
秋　辞（外一首）	阮文生 / 166
用减法写诗歌（外一首）	孤　城 / 168
极简美学（外一首）	唐冰炎 / 170
谷　雨（外一首）	廖松涛 / 171
一只鸽子（外一首）	柴立政 / 172
黄昏辞（外一首）	心　亦 / 174
植　物（二首）	赵国培 / 176
声音建筑师（外一首）	尘　轩 / 178
体　重（外一首）	爱　松 / 180
扯　闲（外一首）	石玉坤 / 182
伸向远方的不止是道路（外一首）	孙英辉 / 184
柔　软（外一首）	代红杰 / 186
回　忆（外一首）	李　成 / 188
致母亲（外一首）	杜　剑 / 190
我的世界开始放晴（外一首）	牛　涛 / 191

三辑 网络选萃

与一片白云相遇（外一首）……………………… 孙大梅 / 194
鸟儿问答（外一首）……………………………… 潘洗尘 / 196
阿姑山谣（外一首）……………………………… 蓝　蓝 / 198
妻　子（二首）…………………………………… 曹　旭 / 199
天堂来信（外一首）……………………………… 朵　渔 / 201
奶奶的修炼………………………………………… 王爱红 / 203
如是说（外一首）………………………………… 蓝　珊 / 205
清明前后的雨（外一首）………………………… 李爱莲 / 207
再写这盏灯………………………………………… 吕　游 / 209
冬　夜……………………………………………… 庞　白 / 210
春　分……………………………………………… 黄松柏 / 211
纸飞机……………………………………………… 川　上 / 212
秋去冬至…………………………………………… 杨拓夫 / 214
夕阳被一只乌鸦追得匆匆落山…………………… 髯　子 / 215
思念你的城市……………………………………… 袁雪蕾 / 216
摩　擦……………………………………………… 龚锦明 / 217
采卷耳菜的女子…………………………………… 赵国明 / 218
含泪的红玫瑰……………………………………… 施　维 / 219
登宝珠岩…………………………………………… 洪文生 / 220
邂　逅……………………………………………… 刁家乐 / 221
中年辞……………………………………………… 阮宪铣 / 222
厨房哲学…………………………………………… 彭君昶 / 223
风景储物…………………………………………… 彭　杰 / 224
远　道……………………………………………… 陈　浪 / 225
有谁读过我的诗歌………………………………… 陈年喜 / 226
我早就说过我不会轻易死去……………………… 崔荣德 / 227
车轮碾过落花……………………………………… 程　峰 / 229

我们胸腔里的院落	蓝雪花	230
仰天山的仰	王竞成	231
高空玻璃栈道	过德文	232
七小时时差	李迎春	233
宛如玉	李丽红	234

四辑 诗林撷英

灯下黑	梁尔源	236
出 发	陈人杰	237
报更星	杨柏榕	239
驼背伯	唐 娟	240
小草和我清谈	周占林	241
在秭归，访问一片橙林	邱振刚	242
非常小的事情由蚯蚓来做	卢 辉	244
云 端	陈海强	245
泡 茶	田 斌	246
清 澈	祝相宽	247
铜铃山云雾	柳 歌	248
在安邦河	王明远	249
祁连山的云	赵兴高	251
那个坐在北风中的人是我父亲	段新强	254
雪绒花	冷克明	255
与汗水同行	周苍林	256
钟表匠	唐朝白云	257
奇 迹	吴警兵	258
祝 福	胡理勇	259
潮涌东海，自在舟马	严敬华	260
白云的脚步声	朱建业	261

一杯咖啡的时光越来越少	郭宗忠 / 262
速　写	刘克祥 / 263
行将成为光明的核	卢子璋 / 264
忏　悔	马晓康 / 266
问　题	杨　荟 / 267
所　谓	杨章池 / 268
不再与生活互有敌意	三色堇 / 269
打　铁	绿　岛 / 270
往　事	绿袖子 / 271
还不晚	康雄虎 / 272
北方的海	解　/ 273
乐山大佛	丁少国 / 274
蝴　蝶	陈波来 / 275
鸟　岛	李建军 / 276
塔加村	马文秀 / 277
喜欢你	项见闻 / 279
台风临近	浪行天下 / 280
冬天，路过你的庄园	木　木 / 281
大雪如约而至	陈树照 / 282
亲爱的蚂蚁	乐　冰 / 283
望峰岗	龚后雨 / 284
酿　春	樊文举 / 286
人间高枝被鸟占着	徐　庶 / 287
成为母亲	叶燕兰 / 288
婚姻之城	瓦楞草 / 289
福　分	米　戛 / 290
夏日断章	子非花 / 291
一年中最好的时候	唐益红 / 292
竹岭写意	唐宝洪 / 293

银杏树下	方　筏	294
平　静	胡翠南	295

五辑　诗海珠贝

纽扣后面的风景	峭　岩	298
对　接	第广龙	299
扁豆花	杨绣丽	300
蜜　汁	李　云	301
暗示的距离	张予佳	302
这半世	单永珍	303
打开之歌	苍　耳	304
论梦境	徐春芳	306
闲　居	黄　斌	307
莲及故乡的作物	卢圣虎	308
忽然想起祖母	然　也	309
天　鹅	小布头	310
在湛蓝山庄喝酒	周鹏程	311
山水记	唐旺盛	312
沿河看柳	徐　敏	314
多想没有这样一个节日	林海蓓	315
茶花女	王杰平	316
玫瑰上的雨滴	王　童	317
江湖之上尽是白发	李鲁平	318
母亲，旷野二月兰	段光安	319
痛	林双川	320
坟	谭　滢	322
空　城	陈巨飞	323

翻译官	高红艳 / 324
小银匠	黑 泥 / 325
三 月	姚 彬 / 326
大风过境	王江江 / 327
等落日的人	王文军 / 328
月亮在叫	李 松 / 329
口 琴	陈晓松 / 330
夏 至	孙桂莲 / 331
谷 雨	王志彦 / 332
铁轨的秘密	张 元 / 333
蝴 蝶	杨启运 / 334
不安之书	笑嫣语 / 335
木槿花	王从清 / 336
秋雨如期而至	成 颖 / 337
苍耳的春天	姚凤霞 / 338
阳光下的假面	牧 野 / 339
阴 影	森 森 / 340
纸 背	叶德庆 / 341
在没有乌鸦之前	窗 外 / 342
河 谷	姚 晨 / 343
譬 如	阿 苏 / 344
含羞的郁金香	闫汝明 / 345
隐 宿	何青峻 / 346
夕阳辞	黎 凛 / 347
和女儿观鱼	苏启平 / 348
行 走	熊 芳 / 349
卖水果的母女	刘 卫 / 350

特辑 朗诵中国

赞红叶 ··· 石　祥 / 352
在军博，观看美U2侦察机残骸 ················ 刘笑伟 / 355
黄文秀（外一首）······························· 唐德亮 / 357
太阳在上方检阅部队···························· 周东浩 / 359
一块标语牌······································· 远　洋 / 361
在东海边筑巢···································· 吴重生 / 363
民族脊梁的山···································· 强　勇 / 365
大河词（外一首）······························· 赵克红 / 367
北上无音讯······································· 陈昌华 / 368
易地搬迁·· 林目清 / 371
仰望红船（外一首）···························· 赵　琼 / 372
我的天空是清澈的······························· 胡松夏 / 375
大庆王进喜纪念馆······························· 张　浩 / 376
离太阳最近的地方（外一首）················ 毕俊厚 / 377
千亩梨园·· 泣　梅 / 379
升　旗··· 戈三同 / 380

一辑 名家新作

致父辈们（外一首）

吉狄马加

他们那一代人，承受
过暴风骤雨的考验。
在一个时代的巨变中，
有新生，当然也有的沉沦。
他们都是部族的精英，
能存活下来的，也只是
其中幸运的一部分人。

他们是传统的骄子，能听懂
山的语言，知晓祖先的智慧。
他们熟悉词根本身的含义，
在婚庆与葬礼不同的场所，
能将精妙的说唱奉献他人。
他们还在中年的时候，
就为自己做好了丧衣，
热爱生活，却不惧怕死亡。
他们是节日和聚会的主角，
坐骑的美名被传颂到远方。
他们守护尊严，珍惜荣誉，
有的人……就是为了……证明
存在的价值，而结束了生命。

与他们相比，我们去过
这个世界更多的地方。

然而，当我们面对故土，
开始歌唱，我们便会发现，
他们比我们更有力量。
我们丢失了自我，梦里的
群山也已经死亡……

口弦大师
——致俄狄日伙※

是恋爱中的情人，才能
听懂你传递的密语？还是
你的弹奏，捕获了相思者的心？
哦，你听！他彻底揭示了
男人和女人最普遍的真理。
每拨弹完一曲，裂嘴一笑，
两颗金牙的光闪耀着满足。
无论是在仲夏的夜晚，或是
围坐于漫长冬日的火塘，
口弦向这个世界发出的呼号，
收到了一个又一个的回应。

俄狄日伙说，每一次
弹奏，就是一次恋爱，
但当爱情真的来临，却只有
一个人能破译他的心声……

注 ※ 俄狄日伙，凉山彝族聚居区布拖一民间音乐传承人。

（以上二首选自《诗选刊》2020年第5期）

爱身边每一个人（外一首）

赵丽宏

在这个世界上
谁能爱身边每一个人
赐你生命的人
长久相守的人
患难与共的人
雪中送炭的人
锦上添花的人
在冷雨中为你打伞的人
在寒风中为你添衣的人
在黑暗中为你点灯的人
在沉寂中为你唱歌的人
溺水时拉住你手的人
你怎能不爱这些人

在这个世界上
谁能爱身边每一个人
陌路相逢的人
擦肩而过的人
引你掉进陷阱的人
推你坠入深渊的人
奔跑中绊倒你的人
饥饿中抢你最后一口饭的人
孤独中不看你一眼的人
登高时把你踩在脚下的人

你会不会爱这些人

记忆如春蚕吐丝
把所有的爱
编织成一个银色的茧子
在失爱的丛林里
闪烁着温暖的光亮

变 形

把我变长
长成一条笔直的路
通向无尽的远方
把我变短
短成一枚铁钉
不知会被钉到什么地方

把我变大
大成一个广场
可以容纳四面八方的来客
把我变小
小成一张邮票
贴在信封上
不知会投递到什么地方

把我变高
高成一座山峰
去招揽飘舞的云朵
把我变矮
矮成一块地砖

被前赴后继的鞋底践踏

把我变成一朵花
绽开得鲜活美丽
但只能活一天
把我变成一座雕塑
凝固在古老的岩壁上
沉默千年万年

(以上二首选自《人民文学》2020年第6期)

冷脸的月亮(外一首)

叶延滨

谁批准你就是个诗人?
这话有力,像检察官站在法庭
我知道十之八九的诗人
都没有经过谁的批准
在诗歌的道路上
几乎都是无证驾驶

想拿写出的诗篇辩解
别动,小心落入陷阱
所有的诗歌都可当作废话
没有废话的是账单
所有的诗歌都能找出毛病
不能找毛病的叫法律

于是,就说月亮,你明白
为什么所有的诗人都说月亮
月亮总冷着脸,没表情
不像朋友也不像英雄
冷脸月亮不说话,不说
就不会撒谎,也不会当叛徒

(选自《星星》2020年10月号)

割草机

割草机在欢欢地歌唱
像小狗一样贴着地面奔跑

它的歌声是春天的歌声
吵醒了公园里打盹的老头

老头闻见了青草的气息
不会歌唱的青草用气息发言

老头眯着眼睛望一眼草坪
草坪是小草聚集的广场

啊,春天到来了,小草在歌唱
老头想起年轻时记得的诗句

剪齐了的小草在开迎春大会
老头想,这是多么温馨的场面啊!

老眼昏花的老头看不清每棵小草
绿色的草坪让他放松地享受安宁

小草不说话小草也不会歌唱
割草机正齐刷刷切断它们的脖子

切断了脖子的小草趴在地上
那些地下的根正悄悄地鼓励它们

记住那个冒充春天的割草机屠夫
记住你们的命运:春风吹又生……

(选自《诗潮》2020年10月号)

这一柜朋友的赠书(外一首)

邵燕祥

我常常抽出一本又一本
面对一个个久别的友人

我凝视着他们的签名
想象他们执笔的神情
有的笔画谨严
这是一丝不苟的朋友
有的挥洒豪放
倜傥风流,小节不矜

窗外飞雪,友人的
书也送来温暖
苦夏闷热时,书里
透出了清风阵阵

我对着书,书对着我
就如我望着友人
友人也望着我
我愧对吸烟的朋友
这里不容二手烟的氤氲

每个签名不只是符号
还是冷静或热烈的思辨
是旷达或冲和的性情

是幽默是青春更是
丹青难写的精神

谁说书神失了踪影
书叶中长驻的就是书神

书　空

那时年轻，那时匆匆
那时一吻总是轻轻
怯怯的，没有忘情的长吻
也没有久久　久久地相拥

走过人间无尽的路
烈日曝晒或风雨兼程
走到了水穷处坐看云起
寻旧梦　却早已旧梦成空

（以上二首选自《人民文学》2020年第10期）

蔬菜老了都是花(外一首)

傅天琳

它们是菜
是晨间装满你篮子里的菜
是你最熟悉的
萝卜白菜青菜菠菜冬苋菜
各种各样的菜,水灵灵的菜
现在它们老了,细嫩的茎
长出木质,肌肤不再有弹性
强健、粗壮,试图模仿树的形状
全身开满花朵
老了老了
蔬菜老了都是花
你看不见沧桑
只看见辉煌
只看见各种各样的枝形灯盏
顶端有光芒呼啸
花瓣里有钟声响起

天印石

一块石头横空飞来
而我怎么看它都是一只曾经的鹰
它眼含露水
翅上的天空有时平静
有时微微倾斜

它选择落在这里，敛翅，生根

稳稳当当，成为一方印石

我还隐隐看见印石上写着几行大字

人啊必须无愧于祖先

无愧于子孙

世间最大的犯罪与惩罚，莫过于

在自己手中让大地荒芜

让月光如失语老人

流浪于荒芜之巅

（以上二首选自《中国作家》2020年第9期）

下雪了（外一首）

张 烨

下雪了
住在我灵魂深处的雪
飞出来了
青苔上加雪，雪上加雪
伸手可触及我喜欢的绵白

神抖抖的树叶，盛开的花
总让我莫名忧伤
如今这光秃秃的枝丫
倒反让我心安
唯有冬天，唯有雪，能使我镇静
没有消息就是最好的消息
我看见冰层封冻下的绿意

步履轻松如雪花翩舞
看看天空，看看桥上都在做减法
空气带着雪的味道沙沙拂面

夜晚裹在雪做的房子里读读朋友的诗集
回想起一些愉悦的往事

（选自《星星》2020年7月号）

往事

隐藏在小雨中她的眼睛
泛动在春雾里她的绿裙
那个气质忧郁的女人
越来越消瘦
消瘦得能够轻柔地走过你的眼皮
你竭力推开她,使劲睁开睡眼
但印在你唇上的弯弯的红月亮
你怎能抹去

走下楼梯
有人替你悄悄开门你仿佛未曾觉察
走了几步,你站定
若有所思地回首
恍惚见到她在对你微笑
微笑着把门悄悄关闭

(选自《草堂》2020年第6卷)

可可托海（外一首）

宗仁发

可可托海可可托海
海浪滔天
声音撞在石头上
明处也不一定什么都能看得见

地面上寸草不生
飞鸟也要绕过这片天空
苔藓的存在
又使一些关于色彩的定论被动摇

翻开这里的每一座山
都会找到各种宝石
沉默上万年
一开口就是金玉良言

废弃的矿坑
已不再掩饰
对印刷物上的不朽
似乎有点讽刺

植　物

与叫不出名字的植物交流是困难的
他们不愿意和陌生人说话

十多天没有下雨
舌尖快要干枯了
虫子乘虚而入
排兵布阵地繁殖
耐旱的邻居
洋洋自得
忘记了连雨天时自己的狼狈

一些熟悉的蔬菜
比原来显得更加高大
叶片和果实都十分可疑
犹如把汉字中的传承
说成 DNA

（以上二首选自《长江文艺》2020 年第 10 期）

锻 打（外一首）

黄亚洲

我锻打诗歌，依次
加入盐、磷、锰、闪电、台风
还有马蹄、军号与弹壳

你又在哪里
在丝绸与流水的深处？
知道你，怕我

怕生活的棱角
怕棱角上的钢铁，甚至刺猬、弯道上的荆棘
当然，还有我

生活依旧指向磨难，你又在哪儿
还有没有一块手绢，可以搅碎河中倒影
为我擦汗，或者
拭血？

我锻打诗歌
我在加入了所有的东西之后，能不能
加入你？

你需要盐、磷、锰、闪电、台风，还有
马蹄、军号与弹壳
你需要它们的百分之十
这样，你就会有百分之十不怕我

我锻打诗歌，你眼睛里有百分之十的火星

是我溅起的,无论你
会在哪里

爱这一株,也爱那一株

爱这一株,也爱那一株
这一株的青翠,如束腰之瀑,腰肢飘忽
而那一株,揽着半个太阳,熟得
那么丰腴

哦,是的,我爱这一株
也爱那一株

好长时候,没在夕阳下发呆了
风,就从这两株树中间吹过来
我这副旧式骨头是怎么的了,怎么就会
叮当作响,如黄昏的风铃?

就为的世上有这么美丽的果子
我才在心房里摆下一张再一张的卧榻
我陈旧的骨骼,才会
叮当作响,成为风铃,我也甘愿
为我心房里的那些风流客,常年伴奏

我声音很轻,但
绝对真实
就像那些果子,倚在树枝上
挑逗似地晃动

(以上二首选自《天津诗人》2020年第1期)

鼓浪屿的琴声（外一首）

李少君

仿佛置于大海之中天地之间的一架钢琴
清风海浪每天都弹奏你
流淌出世界上最动人的旋律
这演奏里满是一丝丝的情意
挑动着每一个路过的浪子的心弦
让他们魂飞魄外，泪流满面
确实，你是人间最美妙的一曲琴音
你的最奇异之处
就是唤起每一个偶尔路过的浪子
不由自主地回想起一生中最美妙的经历
然后，他们的心弦浪花一样绽开
在这个他们意想不到的时刻和异乡

误 入

流水一波三折
回廊一曲几拐
让细碎移动的纤足更加迟疑
缓缓成就大家闺秀的从容沉静
花影自幽窗里晃过
芳香在假山外迷离
少年目眩耽美于庭院的异样风情
误入别人的花园，爱上了邻家的千金

那个莽撞得跳窗而入的少年啊
惊得池塘边的一只青蛙扑腾入水
一声清响,也惊醒了怀春佳人沉睡的心

(以上二首选自《草堂》2020年第2期)

路　过（外一首）

　　　　　　　　　　　　陆　健

从超市滚梯上来
见到那人，在擦落地窗

天空有污渍。他擦
湿痕依序排列，像简单的字
像一些笨拙的笔画

流云碰碰他袖口，移开了
他擦，时间的阴影。他擦
太阳昏黄，光斑摇着他的脸

他擦去自己的身形，臂膀
只剩一只手，持续搓动

他擦去了自己的手
只剩下大片的透明还在

　　　　　　（选自《作家》2020年第9期）

隔壁兜兜

兜兜昨晚做了个梦
刚起床，天就黑了。窗前
迷迷糊糊的流星滑下去

空气中飘着鱼眼
很多国家的食品柜里摆着节日
竟然没一个不是儿童节
高楼长得像裤子
腰带上插满旗子
每个班的数学课代表——
银行家，最卖萌。4加4
老师让它等于几它就等于几
男人女人攀比新玩具
瞅准机会，大个子
就抢邻桌的零食
那只背着花朵的鸟
在扯风筝。云彩在叫
街道上的人，真多
他们穿过房间
有的领到两颗糖，有的三颗
有的领到一张糖纸，包着晚安

（选自《诗歌月刊》2020年第9期）

向　上（外一首）

阎　安

向上攀登　你才能抛下多余的东西
穿多了的衣服　装得满满登登的裤兜
高跟鞋不知天高地厚的高
为了瘦腰勒得过紧的束身带
人往高处走就只能留下人自己
那些白云无关　流水有意的心思
你会像扔掉废物一样一一放弃
不断地回到人自身
那仿佛被自己遗忘的自己
你终于回到了那里
只留下心跳　呼吸

向上攀登　有时候并不需要面对山
面对一筹莫展的绝壁
面对深渊　面对比悬崖深渊更加危险的虚无
攀登　在人所不见之处　用更多的时间静养
仿佛初生婴儿般练习适应陌生的环境
甚至要像一条倒流河一样
敢于付出一生进行反思　倒行逆驶
在时间中仿佛奔赴使命一样地消失

人必须走出自己　走向一座真正的山
以卵击石般地碰壁
绕来绕去　为寻找捷径而迷失
向上攀登　不仅仅因为要到达高处

而是因为在最高处

你才能放下一切

甚至放下死

在最高处

狂风削尽了松针

你的秃顶和世界的突顶同时突兀

在光秃秃的风中

金鱼之变

水少了它要死

水多了它也要死

吃多了它要死

吃少了它会因饥饿而失眠

也要死

如果没有水

鱼缸是一盆子空气

如果没有鱼

一盆子水就是一盆子虚无

正如一只气球里的空气

用它来预备呼吸是危险的

像鸟一样和它一起飞

像飞机一样和它一起

必将是迷惘的飞

是无法确定日期的

既破碎又虚无的飞

（以上二首选自《牡丹》2020年第12期诗歌专号）

大 雪（外一首）

梁晓明

像心里的朋友一个个拉出来从空中落下
洁白、轻盈、柔软
各有风姿
令人心疼的
飘飘斜斜向四处散落
有的丢在少年，有的忘在乡间
有的从指头上如烟缕散去

我跟船而去，在江上看雪
我以后的日子在江面上散开
正如雪，入水行走
悄无声息……

但音乐从骨头里响起

从骨头里升起的音乐让我飞翔，让我
高空的眼睛看到大街上
到处是我摔碎的家

我被门槛的纽扣限制
我不能说话，我开口就倒下无数篱笆！

我只能站着不动
时间纷纷从头发上飞走

我当然爱惜自己的生命,我当然
愿意一柄铁扇把我的
星星从黑夜扇空

这样我就开始谦卑、细小,可以
被任何人装进衣袋
乐观地带走

但音乐从骨头里响起,太阳
我在上下两排并紧的牙齿上熠熠发光

我只能和头发并肩飞翔!我只能朝外
伸出一只手
像一场暴雨我暂时摸一下人类的家

(以上二首选自《星星诗刊》2020年11月号)

种子影院(长诗节选)

欧阳江河

在春天,种子吐出人群和鸟群。
种子破土时,已是人鸟一体,
嘴里的天空含着鸟叫声。
土地自众鸟飞尽的休眠状态
缓缓降下,种子,潜龙在天。
绿皮火车停靠在天边外。
孩子们溜冰去阳光中兜圈,
意外发现种子不是梦,而是
一座影院。种地的人直接走进电影,
手里的锄头越挖越轻,农事
也轻了些,天上大风借力一吹,
书卷也吹得浮生茫茫。
嗓子眼涂抹了一层重金属,
诗歌,在旷野上持续吟诵,
但寂静已渗入脊髓。
四月的发型如蒲公英般蓬松,
四月的厨娘,衣摆一派翠绿。

假如一个演员在电影里
认出观众席的一个熟人,假如他
走出电影,在那人身边坐下。
假如那人十年前是他本人,
但又认错了脸:真相,长着长着
会长错。柴米油盐堆积在脸上,

既非翠鸟本相,也非鹰的样子。
不如回到电影里,扑面而来的
是一大片青草刚刚割过的味道。
大男孩,使劲刮还没长出来的胡子。
种子捧起杏花脸,她太灿烂了,
必要时,得添加一点黑势力。

看电影的人围坐成一个形而上。
在黑暗中,能坐在一起就够了。
黄河之水随大块文章奔涌而来,
网速一快,网民迭起,
恍惚汇入一大片逐浪之身,
在读秒刹那,变身为慢动作舞者。
所有不是种子的东西,
都入了土,蝴蝶也发了芽。
蜉蝣与大数据,仅一部电影之隔。
三十张席梦思在深眠中嘴对嘴,
三十个空胃从头顶飞掠而去。

把一些砖头的东西搬到高级形式里,
去堆砌,去移行,去重新塑造。
把广场的晚雪,下在清晨的片场。
雪茄的微暗之火已燃到手指上,
灰烬抖落自己的飞升后,
依然在高处和妙处,依然叼在鹰嘴上。
电影将一直拍到海水变蓝:人啊,
能绕到取景器后面察看暗世界吗?
能以流水账,翻动肺叶和史诗吗?
能掏心掏肺,掏出时间的种子吗?

(选自《四川文学》2020年第5期)

二月（外一首）

王家新

"二月。墨水足够用来痛哭。"
帕斯捷尔纳克的这句诗，
这几天不断被人引用；
它本来是一句关于幸福的诗，
却流传在一个不幸的年代。

铁一样的夜。
（似乎有人在摸黑下楼。）
而我睁眼躺在床上，如同躺在
黑暗船舱的一个铺位上。
我听着身边妻子平稳的鼾声，
好像就是它，
在推动着这只船
在茫茫黑夜里移动……

（选自《作品》2020 年第 4 期）

茨维塔耶娃在布拉格

七七四十九
但是这还不够

词，追不上口授者

捷克山谷里的电线
滚烫的西伯利亚

莱纳加上鲍里斯
这也不够

黎明的青色眼角
你也熬过来了吗

阿霞,起来
我们上山采蘑菇!

（选自《上海文学》2020年第9期）

古城之魅

李　琦

洛阳桥上，望着那些
古装扮相的人，我走神了
我看见水手、商贾、僧侣、神甫
我看见长袍、袈裟、丝绸衫裙
官员、书生、贩夫走卒、布衣百姓
闽南语、意大利语、阿拉伯语……
船只往来，白鹭展翅，刺桐绕城

曾是世界上最繁荣的港口
自然，松弛，人类交往最好的状态
市井街巷，色彩斑斓
像一副华美的波斯挂毯

一座古城，集合了万象
每一寸肌理都大有意蕴
千年一瞬，从古到今
其实也算不上多么遥远

不是什么，都可以随意戏说或调侃
面对历史，须持虔敬之心
你看，开元寺里，有对联为证
廊柱上，那是先哲与高僧的遗迹——
此地曾是佛国
来往皆是圣人

（选自《十月》2020 年第 2 期）

村　口（外一首）

车延高

脐带剪断了，还让人牵肠挂肚的地方
一种慈祥，把天真和童心一口一口喂大的地方
背着一颗野心出去闯荡，终身寄存乡愁的地方
用一根乡愁就把心牢牢拴住的地方
陌生在眼神里熟悉，熟悉又在眼神里陌生的地方
沉重、困乏和劳累坐在汗珠里，看季节上妆卸妆的地方
眺望的眼神儿站久了，就长成一块石头的地方
一个不需要任何路标，都能走回去的地方
幸福和苦难各有归宿，又抱头痛哭的地方
一茬一茬的生死，都必须经过的地方
春节和清明时脚印缝补最密，幸福和痛苦缠绵不休的地方
走进去就是自己的江山，是可以当家作主的地方
无论多少次转乘，都被游子视为起点的地方
叶落归根。最后一念会疯狂亲吻的地方
不落半片雪花，时间就把头发染白的地方
守巢的痴心，等那群一步三回头的脚印回来的地方

挖煤的人

那堆坟，是一条命
盖在土地上的印戳，很平常
只是个记号
但埋在底下的人特殊
他总在太阳升起的时候走进夜

熟悉的天空没有月亮
星星晃动,是活在头顶的矿灯
他是和黑夜打交道时间最长的人
从最黑处挖掘可以点燃的亮
沉重地喘,背着沉重
他知道煤不是金子
相信劳动的手把它运出去就会发光
煤黑,脸上的灰黑,眼珠子黑
就一排牙齿白
这个世界认识他的人不多
有人甚至瞧不起他
最豪华的酒店里,按开关的手知道
一盏灯
可能是那条命留下的一团磷火
扑闪,扑闪

　　　　　(以上二首选自《长江文艺》2020年第8期)

金丝燕简史(外一首)

臧 棣

每一次,只有新筑的巢
才配得上爱的气味,
才能赢得身体的信任。
对我们来说,或可避免的苦涩的劳作,
对它们来说,只意味着
越投入,欢快就越源泉。
每一种灵活,能让精灵们
躲在暗处嫉妒得要死的,
无不源于肢体的特技;
而一旦明说,最先受不了的,
就是,美会让美观更分裂。
而按比例,风景的主体
如果已固定为僻静的苇塘,
这些像蝙蝠一样精通
黑暗中的定位法的飞鸟
就绝不仅仅只是适合点缀
本能的冲动中,美,
绝不盲目于主观很角度。
此外,可爱的小动作里
不乏耐心很格外;比如挑选之后,
将羽绒或枯枝混入唾液,
世界的客观性就会渐渐呈现在
神秘的辛劳之中;不偷懒,
热爱才构成一种可能。

即使前面用过的巢,无需翻新,
也能使用;这些飞过了长江的
金丝燕仍会耗费大量心血
去修筑一个新的小窝:就好像
那往返的次数中,仿佛有一张弓
在自由的空气中射穿了
历史的谎言和时间的无意义。

黑水鸡简史

关键是你的目光,而不是你的所见。
——安德烈·纪德

平静得就像绿绸子,
如果这感觉不能用来辨认
夏日的阴影,只说明朝这边
吹拂的时候,风,还不够隐喻;

挺水性的另一面,会弯腰的芦苇
在我们中间悄悄指认
它们的同类;就好像改造自我
和改变自我,完全不是一回事。

回到栖息地,自然的安慰
仿佛和一个人出过多大的力有关。
自从成为关注的对象后,
存在之谜便常常从我们身上

向这些鹤形目涉禽的隐身之处转移;
一开始,你还有点怀疑,是不是方向

被它们害羞的天性弄反了；
毕竟，只能听到它们的叫声

却看不到它们的真身，对我们这些遇事
已习惯于拍胸脯的人来说，
太像一种惩罚。其实呢，这样的安排
不过是，好过仁慈少于困惑。

（以上二首选自《芳草》2020年第4期）

仅 此（外一首）

谢克强

每个人　都有自己的活法
我选择词语　作为生命的通道
关闭　或开放自己

在春草染绿的季节
梦里一声鼓　醒来一声雷
让我迷失在狂热里

而后　无边落木萧萧下
幸有词语的芬芳　与我一起
与物欲作无畏的抵抗

于是　在日子与日子间隙
不在滚滚红尘里飘浮　就做
一个生活的卧底

许是找到平仄声韵之妙
月亮　权当我忧郁的眼睛
太阳　聊作洞穿黑暗的孤灯

就在太阳月亮交织的隐喻中
我将人生与爱　留在稿纸
隽永的美学深处

一个人　与诗活在一起
只想灵魂有个栖息的地方
仅此而已

意 境

玻璃杯子
在我的指间捏来转去
热茶早已喝尽
血 依然冷

独坐宁静之中
听夜的这岸潮起潮落
笔 栖息荧荧如豆的灯火里
静候灵感的风指 弹响
喑哑的竖琴

窗帘 低垂缄默
紫色窗帘如夜结痂的伤口
显得有些苍凉
一种难以忍耐的目光
晾满欲望

夜以回忆展示一种风景
诱我远望
莫名的怀念如岚而来
感应心的乐音

无意端坐 偏偏
端坐成一种深邃的意境
不可言喻是久贮的心绪
等待诠释

（以上二首选自《长江文艺》2020年第12期）

船 娘（外一首）

田 禾

那条船画进了陈逸飞的油画里
穿蓝花褂子，裹蓝色头巾的
像青花瓷一样的女人
她们有一个共同的名字：船娘

船娘把木船娴熟地摇来
我们上船，船体向下一沉
船底的压水线猛然上升。船一晃
她把竹篙往河边的石头上一点
船很快稳住，立即听见
船橹划响水波的声音

船娘的生活，在一条水路上
铺开，吴歌昆曲唱起来
她身体向前倾，怀里抱着风
摇呀摇，船到目的地的距离
刚好一支昆曲那么长

她叫红喜、小莲、杏儿、秋香
或许不是，她一定有个好听的名字
我没去问，我更喜欢叫她船娘
她满身都是江南该有的模样
摇曳着身姿，把我
烟雨里的乡愁摆渡到梦的出口

一棵桂花树

在张九龄的故乡石头塘村
张九龄那年栽下的一棵桂花树
虽然经历无数的霜雪和风雨
至今依然枝繁叶茂,郁郁葱葱
我来的时候,桂花飘香的季节
已经过去,但它葱茏的枝叶
代替死去千年的先生的魂魄
依然醒着,它伟岸挺拔的站姿
有如张九龄当年谦谦君子的风度
和儒雅。那从枯死的身躯上
长出的新主干,告诉人们,张九龄
曾经从困境和逆境中起死回生
桂花年年开满枝头,金黄的花朵
是在展示先生人生的最精彩部分
更喂养了我日益苍白的灵魂

(以上二首选自《星星》诗刊2020年第5期)

赠 人（外一首）

华万里

你不必想得那么远

千古瞬间到来，刹那过去

宇宙的小铁球

在头脑中带着电火和花语旋转

风细入毛孔

你不必想得那么远

万物迫在眉睫

我们所爱的诗歌金辇，正在空中

隆隆而过

你不必想得那么远

举起你的右手瞧一瞧吧——

北斗星，光闪闪地，站在指尖

我终将离开这个世界

我终将离开这个世界

像一场　壮丽的日落

也像一只白发苍苍的黑蚂蚁

末了，把小小的心跳

放在　诗歌的巨石

然后

再用流星雨作文字，选几个

刻在碑上

（以上二首选自丽江《壹》杂志 2020 年第 1 期）

命运与谶
——给 ST

宋　琳

经受了怎样的天罚,这些往昔的诗人。
荷马乞讨于十城,屈原在水上漂,
荷尔德林被阿波罗击中而失语,
尼采(他博学的同胞)借疯子之口喊出
"上帝死了!"结果死于疯狂。
而令君,她的名字与命运那可怕的对称,
至今仍在呼唤一场基督降下的雪。

在地上的万国,放逐
贯穿整部人类史,其中诗人的受难
占据显要的一章。正如有人想抹去
"焚尸炉"那一节,代之以"焚烧祭祀",
有人佯装生活在盛世,秘密信仰着
千年工程,一旦死亡来叩门,
就在名望之环里隐身。

巴黎,礼拜四的雨——巴列霍听见
并说出的,依然在别人的不解中绵绵不绝。
而不远处,策兰飞下米拉波桥,
从一首早已备好的诗中,身轻如燕,
剪碎了万吨泡沫。我们也知道,
"锯开"海子的不是火车,
而是己巳年那几个神秘的数字。

当又一个诗人从身边被夺走，
哀恸的友人便在他的遗作中挖掘谶，
仿佛一个命核包裹在话语之壳中：
致命的疏忽源于一次口误。
然而正是在这里，一个事实被放过了：
在客死他乡与等待救赎之间，
未道破的秘密乃是幸存。

（选自《山花》2020 年第 1 期）

一次延误

陈东东

起飞能否让人心安
换上了提升意愿的引擎
对对翼翅依次掠过
城市边缘,故障涡轮机
被弃,渐暗,会有锈迹的
观念余晖,沉沦于忘却

俯瞰的欲望没怎么改变
机舱又打开,已经是
另一座余晖之城
标志性铜像的巨手
宽肩上,观念的锈迹
更绿,晓以历史大意

臆造的镜头就像盐粒
为摄取更多而全部溶化
滑下救生梯,你,观光客
踏上的依然同一块旧地
取景框确认你并未忘却
阅读想象的想象回忆录

雀斑空姐满脸星空
要让你重返航空故事里

全部的虚空：停机坪深处
一双盲目升上月表
那巨手，那宽肩，那
障眼法后面聚焦的奇遇

迷乱香樟树喷泉的视野
众鸟在喧哗，将一种循环
映上了垂挂的玻璃瀑布
于是你重新阅读渐暗
故障涡轮机永不修复
起飞能否更让人心安

（选自《凤凰台·中国诗刊》2020年第2期）

草 原（外一首）

刘向东

春来草色一万里
万里之外是我的草原
草木一秋，听天由命

要有一株苜蓿
要一只蜜蜂
有蜂嘤的神圣与宁静
没有阴影

要有一双更大的翅膀
为风而生
要有一个小小的精灵
直指虞美人的花心

要有一匹小马，雪白
或者火红。让它吃奶
一仰脖儿就学会了吃草
草儿青青。而草

一棵都不能少
哪怕少一棵断肠草
天地也将失去平衡

（选自《鸭绿江》2020年第4期）

在我现在站立的地方

这地方肯定有两扇门
一道门槛儿
母亲就站在门口
站在炊烟下
和炊烟一起挥手
在我现在站立的地方

原来搬家就是
搬走一缕炊烟
就是把我永远留在门槛外面
我走了,梦里回来
推敲空气
在我现在站立的地方

(选自《诗刊》2020年5月号上半月刊)

简史考

王久辛

《时间简史》的简和史
是两个能量的概括
而时间是第三个能量的概括
一共三维空间

简先是对史的提炼
后是对时间的提炼
不一样
一样的是提炼像提和炼

也是两个概括
一个是对提的能量
另一个是对炼的能量
注意都是能量的概括
这里仍然是两个概括
一个是能一个是量

对时间来说
它所包含的洪荒之力
是没有边界的
是边界之外所不能及其义的力量

像简归化于最纯粹的那一部分
这又像那个史
是属于有记忆的那个部分

像爱也像情
唯独不像它们的组合——爱情
爱是浩荡宽阔的
情也是宽阔浩荡的

都无色无味无香
都四大皆空无为而治
却都统驭万物
并且折磨得人类不能了断

但它们就是不能合在一起
一旦合在一起
就走火入魔
而且内涵就小了
外延也变得抠抠索索
一副不染纤尘的讨人生厌的样子
不仅小于爱也小于情
这就是《时间简史》的极简版

就是绝对的不可思议
就是你永远是你我永远是我

我们的我们永远是你是你我是我
即使把你我合成一个我们
也仍然是不同的
你和不同的我我和不同的你

这样就简化了我们中的我和你
而你和我的历史的终结
可以算作简史么向哲学求证
向诗人请罪——下不为例谢啦

（选自《上海文学》2020年第9期）

无穷爱

郁 葱

到了这个年龄,就越懂得爱,
懂得爱人。爱老人,爱不说话的人,
爱远处的人,爱不认识的人,
爱忘记过,却又再想起来的人,
爱偶遇的人,爱比我小很多的人。

爱旅途的人,他们奔波,
爱异乡的人,他们孤单,
爱走路的人,爱迟钝了迟暮了的人,
他们早年一定有自己的睿智和辉煌。

爱与我对视的人,
对我轻声说话的人,
爱很多人,也爱一个人。
爱放生的人,
爱燃灯的人,
爱诵经的人。

你爱了,就不会恨。
面对红尘,我不转身。

(选自《诗刊》2020年10月中国诗歌节专号)

夜 晚

沈苇

没有人看见他踏入整体的夜晚
神智的合一,被一道闪电撕裂
接着是雷声,接着是突然的暴雨

没有人看见他踏入不安的夜晚
一个灯笼般忽明忽暗的主体
像赞念,终归于万籁俱寂
只有夜鸟的呢喃,被星光抚慰

没有人看见他踏入异乡的夜晚
一座移动的孤岛,须架设起桥梁
才不至于在海水或湖水中溺亡
夜啊夜啊,一种困厄的沉浮
需要彼此认领才能逢生的突围

没有人看见他踏入救赎的夜晚
他是单独的,孤零零静坐、游荡
却常被远方的音讯和不幸弄伤
就这样沉思着、默诵着、祈祷着
在月光发黄的留言本上写下:
"无缘大慈,同体大悲。"

(选自《诗建设》2020年第3期)

乌珠穆沁的马

曹宇翔

来自乌珠穆沁草原的马,从
马头琴弦,从天空蒙古长调古歌里
浪涛般铺天盖地,飞奔而下
马群呼啸,卷向天边,这时突然
有一匹马,在我面前停了下来

仿佛与我相识,恍若我的前世
长鬃抖落一路苦寒,像个孩子
此刻它就安静地,垂首于我的眼前
身心被它影子握住又轻轻松开
我的胸腔低低回响咴咴嘶鸣

在这初夏之夜,它眨动的密密
睫毛,凝结雪白霜花,水汪汪一双
温和眼睛,是春天明净清澈湖泊
映着草地野花森林,鹰影蓝天
我的脸上,挂满无端的泪水

我听到它怦怦心跳,热血涌流
从天边风雪里奔来的马,为自由
奔驰而生的精灵,这时仿佛又听到
命运召唤,我看到它默默回首
踏踏而去,消逝在茫茫人间

(选自《诗刊》2020年10月号上半月刊)

我赞成保留死刑（外一首）

侯 马

女孩大学毕业
从工厂浴室回出租房途中
遇害
随身衣物
被扔弃在几十米的范围
路边
沾泥的
雪白的
一只袜子
侦查员读了她的日记
每一篇
写的都是一个男生
她大学时代的男朋友

屠 刀

去年冬天伊敏杀牛
给我印象最深的
一是牛肚子里
竟然有那么大的一个草包
再就是蒙古族青年
用的屠刀
怎么描绘这十分不起眼的屠刀呢

这么说吧
给我一把宝剑
或者给我一把军刺
或者任何一把漂亮的锋利的刀
我都有把握
杀死一头牛
但是这样一把平平常常的小刀
只有把屠夫的灵魂揉进去
才能放倒一头牛

(以上二首选自《佛城诗歌》2020年第2期)

弹　奏（外一首）

　　　　　　　　　　　娜　夜

整个冬天
我重复这两小节

随光的变幻
微妙用力

这世上 有没有什么因我而改变？
因为我写的诗

几只麻雀
一地雪

余生在此：
弹奏就不孤独

诗多么艰难
两小节和一生

不能这样分配：
白键一节　黑键一节

诗的结束多么艰难
琴键上只需指尖抬起

愤怒 只需双手用力 再用力

清明记事

我亲吻着手中的电话:我在浇花
你爸爸下棋去了
西北高原上
八十岁的母亲声音清亮而喜悦
披肩柔软

我亲吻1971年的全家福
一个家族的半个世纪……我亲吻
墙上的挂钟:
父母健康
姐妹安好

亲吻使温暖更暖
使明亮更亮
我亲吻了内心的残雪 冰渣
使孩子和老人脱去笨重棉衣的暖风

向着西北的高天厚土
深鞠一躬

(以上二首选自《扬子江》2020年第2期)

像空气一样存在的爱

潇　潇

她倾其一生
积攒
每一粒粮食和布匹
给　流落到世上的穷人

用像空气一样
存在的爱
救治：
自私、贪婪
冷漠、残暴
剥削、战争
这些人类最严重的病源

用一针一线
精心缝补
世界的千疮百孔

她终身未嫁　无儿无女
却是世界上所有穷人
敬爱的母亲

特蕾莎修女

（选自《诗刊》2020年11月号上半月刊）

布拉格即景

高 兴

布拉格，九月的一天
卡夫卡纪念馆小院里
我坐在一个角落，看
一波波游客涌进涌出

百分之九十九点九的
游客停在一组雕像前
傻笑，那是两位男子
面对面撒尿，我发现
好几个姑娘都在抢着
上前与他们合影留念
有个姑娘甚至借助手
做出男人撒尿的样子

整整一个下午，唯有
三名游客迟疑着走进
那属于小说家的世界

真没想到，这么多年
过后，孤独之光依然
在卡夫卡的头顶闪烁
照亮世上最震撼人心
最持久的骄傲和独立

（选自《星星》2020年11月号上旬刊）

醉 竹（外一首）

曲 近

夜空
悬一轮新月
晚风习习
竹影婆娑

选一片竹林
席地而卧
举杯与竹对饮
十盏过后
不分胜负
每一片竹叶
都像我一样
摇晃着
高喊：来
喝，再喝

更深，露凉
我与竹子的醉态
被月撞破
天旋地转
不知，我扶着竹
还是，竹扶着我

一朵花是……

一朵花,是
另一朵花的镜子
它们,对峙,对视
相互鉴照,相互妒忌
似乎都想从对方身上找到自己
可爱的样子

一朵花内心的秘密
其实,特别简单
它只想知道
在阳光下
在春风里
在一个农人的眼睛里
美艳之后
是否还能结出一颗更加美艳的籽实
继续对峙
继续对视
直到色香味
不分彼此

(以上二首选自《作品》2020年第3期)

北戴河

李自国

在摇身成为海之前,你就被拦腰切割
为什么叫北戴河,而不是海
为什么北戴河的潮水,淹没过朝廷的诏书

神灵仙境在世,舍我其难
昨夜星辰的蠢动,今朝云海苍茫的不安分
一齐坠入一马车烛光的眼睛
听着绿叶的蜂蜜,我在海边循着鸟声找人
你是海鸥的天堂,也是人世间美的得失

已经跌倒的沙滩,缝补过北戴河的水
却没能成为内热外冷的石头
我不耿耿于怀,我已仗剑天涯
如苍浪呈现,我和你有过短暂的毗邻

如沉浮跌宕,我还有过海,一周时光的接壤
我成为了你的冲积平原、低山区
如八方行侠,占有过你总面积的千万分之一

穿过北戴河,海水就长满舌头
舔过风的人、爱恨过水的人,无论疏离
都从时光梯子的最深处引渡
从北戴河、南戴河的最未知、未觉处引渡

艳遇了海平面的转换,咆哮的液体
淘洗出我肺腑的狂暴语言,从河到海的爱
从大鱼吃小鱼,小鱼吃大海
大海吃我今夜写出的诗,都能从海浪的卷轴
捧出湿漉漉的花朵,放逐我一条回家的路

(选自《星星》2020年6月号上旬刊)

童诗二首

张庆和

雨点荡进彩虹桥

小雨点　贪玩耍
一眨一闪眼睛大
绿树叶上翻跟头
小水塘里捉浪花

小雨点　笑哈哈
一滴一点在长大
挽着小溪大步走
蹦蹦跳跳去天涯

小雨点　好潇洒
攀着云儿秋千架
飘来荡去显身手
一道彩虹奖给它

我给太阳画个妆

清晨的太阳亮光光
圆圆的脑袋红脸庞
太阳是个小可爱
我给太阳画个妆

画缕小草做头发
画棵小树做鼻梁
扁扁树叶当眉眼
树根是胡须
嘿
挂在太阳下巴上

再画小鸟当耳朵
一边一只要飞翔
果实给太阳做成嘴
还撅起小嘴直嘟囔
哼
只画头不画腿
快快裁下那片霞
给我做件云衣裳

（以上二首选自 2020 年 5 月 17 日《工人日报》）

每天为这里写首诗（外一首）

唐　诗

站在核桃村，我对自己说
每天为这里写首诗
写核桃村的人都是硬核桃
坚强，团结，不惧雷电风雨
无论哪一颗
一旦被幸运砸中，露出的
必定是喜悦的果仁
写核桃村的博士书记
他用知识、科技加向往，如一股春风
带领村民朝前飞奔
没有谁再站在
痛苦一样分岔的路口垂头叹气
写核桃村的公路宽又亮
好似飘舞的玉带，又像飞驰的乐谱
感谢筑路者
他们在岩石中攻坚，在骨头里克难
写核桃村的一年四季
春天的插秧人，阳雀声落在手背像小雨
夏天壮如牛，七月正肥
秋天红高粱燃醉了父亲酡颜状的山坡
冬天打核桃
铁皮星辰滚滚而下
我写得更多的是核桃村醒得很早的黎明

梦中的花朵
移到原野上绽放,五色绚烂
这种时候,心思辽阔
无论天空有云无云,都一定会找到
我所爱的晴朗
哦!每天为核桃村写首诗
注定是我的自豪
我坚信,核桃是最好的文字与词语

深山梅花

你从城市到山村支教
一座希望小学
站在向阳的坡上迎接你
学生把你称为深山梅花
他们亲你,爱你
说你不但漂亮,而且还有好闻的香味
他们在课堂上
目光专心致志地盯着你
下课之后
围着你嬉闹,你像个乐园不停地转身
当傍晚急急赶来
大雪深处,你并未匆匆入睡
而是伏案批改作业
窗外梅花怒放
你的面庞静静地闪烁着青春焰辉
笔下流泻出红色勾勾、叉叉
问号、惊叹号
有夜风来语——
你从未得到过一个完整的夜

某一天，为你留下终生难忘的记忆
上午的天空，乌云密布
大雨打湿了小学校，山摇地晃
但孩子们坐得很稳
他们望着你的眼睛如何改变泪水
学着怎样把雷声放进抽屉
而闪电瞬间照亮黑板
像把你的银钥匙，一扇扇地，打开智慧之门
知识之窗
课堂顿时明亮
迷雾散开，天空晴了一角
校园的钟声响得繁花似锦，清风拂书
课本不再荒芜
手指在字里行间逐去空寂
诵声琅琅
盖过了雷雨的轰鸣
啊！深山梅花
多么的美，你在让灵魂脱贫
希望上升

（以上二首选自《重庆文学》2020年第5期）

哈萨克冬牧场(外一首)

彭惊宇

灰苍苍的天底,是茫茫又茫茫的雪原
冰凇的荒草间散落着一片片杂色牛羊
哈萨克牧人骑着雄健、剽悍的哈萨克马
戴着结霜的三叶狐皮帽子,一脸沉毅和沧桑

铅云低垂,霰雪纷飞,牛羊马驼们
顶逆着风雪,在返回的牧道上艰难前行
昏天旋地的白毛风发出群狼似的呼啸
迷蒙雪雾中,哈萨克牧人的坐骑时现时隐……

我又仿佛看见了那条棕色的河流
缓缓蹚过农场的土路,和我童年的记忆
晒场边一座废弃的土屋,变成牧民的冬窝子
我总能想起那只花斑牧羊犬勇猛跳跃的神气

艾尔肯和帕里夏提,我的异族小兄妹
还记得我们乘坐在马拉爬犁上的欢声笑语么
你们的酸奶酪曾让我难以咀咽,呕哕不止
而在以后的年月里,腥膻竟成了生活中最美的风味

不曾忘记你们腰间的狼髀骨,头顶的猫头鹰羽饰
不曾忘记那匹暴烈的栗儿马,拉水车的黑白花公牛
我还能否踏着树干,跨上喷溅胃草沫的白骆驼
像一位骄傲的哈萨克巴郎,晃荡在无边的雪漠

冬不拉的琴声，伴我梦回辽阔无垠的准噶尔大地
一轮蓝太阳，一只苍鹰，一匹哈萨克马奋蹄扬起了雪尘

和布克赛尔

子夜列车驶向和布克赛尔
一颗高远的吉星，在梦中熠熠闪烁

和布克赛尔，暗色天穹下
一条月光粼粼的河，梅花鹿群
头举雄性枝角，踢踏着轻轻走过

赛尔群山，隆起宽厚的马背
一阵自由飘荡的风，吹拂它温情的鬣鬃

那仁和布克草原，阿吾斯奇草原
哈孜克草原，青青牧野撒遍牛羊马骆

阿勒泰圣山隐约泛着富丽的金光
人间天堂——宝木巴，马头琴在夜夜弹唱

我仿佛看见：江格尔汗跨上神骏
——阿兰扎尔，像不朽的火云腾空奔驰

（以上二首选自《延河》2020 年第 5 期）

戈壁素描(外一首)

马 丁

昨夜帐房里蒙古盛装的戈壁
长调中呼风唤雨的戈壁
狂奔的马群间挥舞着套马杆的戈壁
鸿雁南去又北飞的戈壁
歌王戈壁

斯晨:素布蓝衣的戈壁侧立帐外
瘦瓜子脸,颧骨微兀
强紫外线烙印已经陈年
应该是丹凤眼,凝视天际

这个早晨苍茫的艾斯力金
如果有一只孤独的鹰
必定会落在他的肩上

比我略矮,单薄
比我的忧伤更深

红柳在说

我披绿戴红,迎风舞蹈
你来与不来,我都在艾斯力金

你千里迢迢,风尘仆仆
说多么向往。说爱。又如何?
你弄姿拍照。前半夜狂歌豪饮
后半夜酒醉酩酊。又如何?

我妖冶,我卓尔不凡
我的花朵要在六尺以上高空绽放
而我的乡愁却反向生长,日深一日
比我的妖冶坚韧,茂盛

——你不能够触摸
我和艾斯力金草原的
千年沧桑与密码

(以上二首选自《海燕》2020年第4期)

悬空寺

马淑琴

飞檐刺破青天
几只吻兽稳坐瘦脊
任乱云飞渡
听铜铃悠扬
翠屏山飞来的鸟儿
盘旋　不敢降落
俯瞰万仞之间的一座寺庙
镶进山的褶皱
倾听深涧里的那条
幽蓝的河

黄绿两色琉璃　装饰
天上的风景
瓦垄铺成空中的栈道
每寸光阴都命悬一线
每丝意念都空旷无依

八十尊神　背倚陡岩峭壁
撑起空中的楼阁殿宇
撑起灵魂的空
与绝地的朝拜
心境上延
远绝了鸡犬之声

半插的飞梁

把绝妙的暗喻嵌进恒山

悬空寺的悬

和悬空寺的空

写成一首

世间最为玄妙空灵的诗

被岁月恒久地吟诵

（选自《北京文学》2020年第9期）

二辑 实力方阵

收　成（外一首）

潘永翔

落叶纷纷
让我的心疼了一下
又一下……

疼多了
我麻木的神经
让秋天的心跳了一次
又一次

不是每块地都有好的收成
就像不是每个人都能
衣锦还乡一样
我就是那片歉收的庄稼

面对丰腴的季节
干瘪的思想
无法承受丰收的喜庆
我只好低下这颗
笨拙的头颅
让尘土埋葬我的思想
然后是身躯

落叶,秋天的窗口

有尘埃没落定
大片大片的往事
从岸边脱落
河水泛着浪花
依旧前行

汗水或者艰辛
耕耘或者收获
一个季节的背影
在秋水里伫立

一片叶子
洞开秋天的窗口
让所有的日子
变得无足轻重

一扇窗打开
也许就会说出一个真相

(以上二首选自《地火》2020年第4期)

山 谷（外一首）

人 邻

密林
积雪
雪在地上，也在树上
树上的积雪
什么时候
"噗嗒"
落了下来

山谷寂静
雪落下来的时候
似乎
愈发寂静了

不落雪的时候
那寂静
寂静地
自己把自己
悄然落了下来

结婚纪念日

那个日子，我竟然忘了
后来，似乎记住了
后来，依旧是忘了

苍天在上，父母在上
记不住就记不住吧
可那隐秘，和合的肉体
那夜晚那黎明
那汤饭，那衣补，那倚门的守候
若是君子，君须谦恭秉持
这也有如选定田地的农夫
慢慢习惯了，田地也慢慢习惯了

那一天之后，其实就是
一月月一年年，是一生
人习惯了，田地也习惯了
人老了，田地也老了
遍生了稻菽，也遍生了野草
慢慢秋风，慢慢雪飘
那人跟着你，已经把那一天一月
慢慢过成了一年，一年年，一生

（以上二首选自《星星》2020年第4期）

去成都(外一首)

宗焕平

这次我远去的目的地是成都
蜀道虽然不再难,但仍远在天边
成都挺大,一千六百万人口
一万四千平方公里面积
是副省级历史文化名城
古蜀文明发祥地
中国十大古都之一
孕育了金沙遗址
都江堰,武侯祠,杜甫草堂
这些名胜古迹
和数不清的各种可口小吃
但这些和我此行没有关系
有关系的只有成都的青羊区
距离双流机场二十一公里
当然也不是整个青羊区
而是青羊区一条弯弯曲曲的街道
街道里一条修竹直立的巷子
巷子尽头拐弯处
一座灰白相间的老建筑
老建筑里面一间仿古的小房子

小房子里躺着我三十多年未曾见面
但一直未中断联系的大学同学
此时他气若游丝

他是我此次来成都的唯一和全部

大佛寺

大佛早没了
大佛寺自然也不见踪迹
可是公共汽车
临近这一地域时
售票员总会固执地说——
下一站是大佛寺

是缅怀，还是提示
是一阵清风，还是一团迷雾
汽车停站后
我每次都要向窗外苦苦寻觅

再把目光，投向车厢
所有的人，都是一脸佛相

（以上二首选自《新华诗叶》2020年夏季合刊）

海是有生命的翡翠（外一首）

陈群洲

我所看到的大海真的有生命。翡翠
正以液态出现。它磅礴的美，令人震撼

内心光芒涌动。它的柔软
有与生俱来的舞蹈功底，不知疲倦
风，试图切割它。但总是徒劳

我犹豫着迟迟不敢下水，生怕自己的鲁莽
会伤害到一块玉的纯粹与完整

从此，我将彻底改变对玉的印象
和田。岫岩……那些传统意义上的品牌
那些所谓的人间极品，在海的面前
显得多么零碎和小气

（选自《诗刊》2020年9月下半月刊）

菩萨崖有春天的风暴

不到菩萨崖，不知道菩萨永远在春天的最深处打坐
不知道它持久的修为，能让拳头大小的泉找到海
让多少纸质的朝代在晚钟之外，烟一样散去

落叶又一次收紧了翅膀。野草们在低处

抬起一条条露珠的河流，白鹤翻飞
这些时光的帆上，挂着光芒，迷人而耀目

除了在枝上长出新叶，春天
还有更多绽放的方式。惊雷起自内心
菩萨崖上，群蚁狂欢，云朵在奔跑

离尘世愈远，离天空愈近。石头上的小路
再往前延伸，就会见到传说中的神

芸芸众生来过高处。李一平，张紫薇
人世间这些细若尘埃的名字
曾经地久天长，共过爱的生死
这存于春天的另一场风暴，大于世俗跟闪电

（选自《西部》2020 年第 6 期）

但是没有(外一首)

代 薇

我以为时钟会停摆
我以为,太阳会难过
星星会自责
我以为那列往返于
你我之间的火车会一直开进海里
"仿佛十九世纪消失在雾中"
但是没有
我很伤心,亲爱的
原来你不是那么重要

那些不引人注目的事物是多么幸运

每一天
都会有一万五千吨的流星
落在地球上
星辰之浩瀚
正如个体之渺小

那些不引人注目的事物是多么幸运
它们一生的努力
只是为了不和你们的名字
排列在一起

(以上二首选自《诗刊》2020年3月号上半月刊)

林中漫步（外一首）

杨志学

一条半自然半人工的小路
走着走着，路就断了
如果再继续往前走的话
便意味着我的双脚的开辟

林中，满地落叶
托着我的步履，柔软而舒适
有一种荒芜之美，我喜欢
也无人打扰我，和我的思绪

但让我没有想到的是
我还是惊动了一些
在地上悠闲蹦跳的小鸟
这里是它们自由休憩的领地啊

好在它们也并未受到惊吓
因为我及时选择了转身
我向另一个方向走去
林中，又恢复了沉静的秩序

（选自《上海文学》第五届国际诗歌节特刊，2020年第10月）

你看那天边祥瑞的云霞

你看那天边祥瑞的云霞，
看她的飘飞，看她的舞蹈。

飘飞是她的天性，舞蹈是她的爱好。

你看那天边祥瑞的云霞，
她吸纳天地精髓，
她沐浴日月光芒；
她经受世界的风风雨雨，
她捧出生活的玉液琼浆。

你看那天边祥瑞的云霞，
看她舒展的形体，看她温润的色彩。
她从你身边升起，踏着天然节拍；
她向着远方翩然翔举，
越过了高山，瞥见了大海。

你看那天边祥瑞的云霞，
你凝视她的时候，她也看见了你，
她把她的美丽与你分享，
她把她富有滋养的果实让众人品尝。

你看那天边祥瑞的云霞，
她是物质的提炼，她是精神的升华。
她把一声声祥瑞的祝福，
转化为一团团多姿多彩的云霞，
在这炊烟袅袅的大地之上，
她是幸福的到达，她是又一次出发！

（选自《工人日报》2020年8月9日）

春天回来（外一首）

川 美

你信不信，春天都会回来
你好不好，春天都会回来
你疼不疼、苦不苦

春天都会回来
春天回来——
就是看看你还在不在

春天回来——
就是把走失的羊，圈回草原
顺便给狼指一条生路

春天回来——
就是给种子以信心
将一切岔路上的灵魂拉回正轨

（选自《鸭绿江》2020年7月上半月刊）

风吹我

风吹我之前，吹过什么？
山丘，树木，树上的小鸟
白发人吹弯了腰，状如飞蓬

风吹我之前,吹过许多朝代
皇帝和皇后也给吹跑了
风,依旧吹,吹着野草和臣民

风里有多少风,谁知道
这勃然大怒者跟谁勃然大怒
它拧断山的脖子,踢翻海的脸盆

摔打一头大象,像摔打一只蚂蚁
那时候,人瑟缩在房子里
心,是最薄的墙壁

这个春天,有风吹我,一遍遍
不知想要干什么
我顺从怎样,不顺从又怎样?

风会爱上我么?它亲吻我的额头
却不以面貌示人,如此
也好随便亲吻别的人吗?

风吹我之后,还吹什么?
山丘、树木、树上的小鸟。白发人状如飞蓬
风无死,可作弄万物

(选自《诗歌月刊》2020年第9期)

钟表与口琴(二首)

董进奎

钟表的微笑

把虚空的时间绑定在一根游丝上
命,日夜地挣扎、嘀嗒
呈现一滴露珠踩在草尖跳跃的风险

看透了钟表被拆解、组装的过程
部件七零八落,像是身体里的游戏
上发条加压,服下兴奋剂

我家,那尊不能修复的座钟
偶尔被大风触动时,才想起稍许地摇摆
父亲靠在轮椅上卡住了时间,静谧地

微笑是直面繁杂世界最好的
最无风险的钟声,无需细致入微地定调
时间在空间之外悠闲,淡然入神

口 琴

把一肚子混装的气体压制在口腔
风爬上几个台阶,跳过几个台阶
又跌下几个台阶,氛围提高到炊烟飘渺的高度

沿着回家的路，踩踏着地丁、蒺藜
推演出村庄、灶台、距离
推演出一根银丝绑定的一场雪

被母亲蹲坏的那道门坎
那么地像一叶搁置的簧片
每日每夜无声地喊，欲把我的小名喊成春天

怎么想母亲怎么像那头道遮挡寒潮的风门
呼喊的、破损的声音接送我二里
错乱的弹跳温存在舌尖上，含一勺拌蜜的和音下咽

（以上二首选自《鹿鸣》2020 年第 11 期）

海之礼遇(外一首)

冬　青

每一次回故乡
海都是一种牵挂　旷日持久
波浪迎上来又退下去
这来自深渊的礼遇　多么盛大

海水浩荡　湮灭多少沉船和风暴
寥廓与深渊　无即万有
赠予　带走　自如起伏
赤裸青铜下　埋着碎银和盐的根

最快的轮回是潮起潮落
是泡沫消散了波涛的汹涌
呢喃细碎　没有人能够听懂
尘世更迭得太快　来不及往复

大海究竟为何涌动
潮汐暴力　毁灭从不声张
海浪摩挲发出忧郁洁净的低语
云朵被融蚀　又白又轻

水追逐着水　也追逐着无
海水跌宕　看不出衰变和倦怠
海太大　波涛一直替它行走
海岸线上虚晃　并不收走尘世

大海始终停在原处
浪涛也驯顺于海里
滴水聚合的声势　滞重的蓝
整座星球的苍茫倾倒在旷古的海面上

我在孤独里为自己请安

越来越近了
有一种按捺不住
比深陷更恐慌
比孤独更孤独

一切开始放慢
曾经的青涩
睡在年轻的河道里
无缘跟上

醒来是另外一件事情
命运拎着它的唱腔　有板有眼
消逝　总是缘于太匆忙
缓慢的事物　充满对细节的敬意

我希望那将至的　是缓慢的
雷同可以反复趋近
我已习惯在这缓慢里
孤独地为自己请安

（以上二首选自《上海文学》2020年第4期）

恳 求（外一首）

刘高贵

假如 河水回到了源头
落叶回到了枝上 我悄无声息地
回到了夏天的村口 你呀
一定要回到我童年的身旁

那样 我会恳求萤火虫
一盏一盏地灭掉他们的灯笼
免得你看见我眼角的泪光

王店子的早晨

每天 总是公鸡叫醒双亲
他们叫醒我
我再伸出一只小手
叫醒镰刀 或者牛绳

然后 牛用四蹄 我用双脚
叫醒被星光灌醉的田埂

这时候 棉花和稻秧
才意识到起晚了
一边用露水洗脸
一边收拾昨夜的旧情

最精彩的瞬间
不是朝霞出岫
而是鸟雀们以排为单位
在林子里点名

多美啊
我童年时期的王店子
大地初醒
万籁有心

（以上二首选自《诗探索》2020年第2辑）

早晨的列车（外一首）

温 古

早晨的列车，喊醒了旷野
它紧张地呼吸，发现自己
变成了一条蛇

河流穿越树林与白云
列车穿越村庄与城镇
山冈患上了头晕症

让田野带着绿色的噩梦奔跑
追赶着逃离的日子，如追赶一只野兔
所有的车窗都像激流喧响的下水道

忽然，田野里出现一头抬头远望的黑牛
像一块岩石，将大地压住、稳定下来

火车摇动着尾巴，逃走了

今夜，临界点

更大的声音我们听不见
如天空里的白云坍塌了……灰尘飞扬
雪花覆盖了大地

更大的燃烧我们感觉不到

像一炷香,我们举着
一头白发那样举着香灰

有时我们被自己的鼾声惊呆
那是生命在将雷霆搬上陡崖
为一种崩塌提高着海拔

(以上二首选自《草原》2020年第6期)

当年我用枫叶写过信（外一首）

李　皓

想起当年，少不更事
我把一枚枫叶当作金戈铁马
用沸腾的青春笔走龙蛇
写下潦草的"见字如面"

可它终究是干枯的
我用塑封留住了叶子的脉络
形状尚在，而神已走散
无疾而终是逃不掉的宿命

如今人届中年，枫叶已如
各色人等一样司空见惯
那封自欺欺人的信，我是否
一厢情愿地"此致，敬礼"？

倘若它还保留一丝血色
那是不是早已生锈的时间
给初衷系上了绳索
在不为人知的地方慢慢瓦解呢

重新定义春分

平分秋色或者黄金分割
怎么看都是一种美学

而让一支柳笛从故乡的河边
一刀切下来
它只是把我切到了南岸
风雨都不在我这一边
我的笛声无法与一群夜猫抗衡
我的梦越来越少
我越来越厌恶在太阳门前打晃的流云
它流里流气的样子让人唾弃
在风雨面前保持中立
让人不由自主想到抗战年代的汉奸
言辞凿凿总让人感觉不怀好意
泥沙俱下的时代
哪里有什么分水岭和界碑
用火柴给跳动的右眼皮打个桩
祸福各半,各得其所
麻木的依然麻木
该苏醒的就给他端来蠢蠢欲动的老酒
一杯羹已是人生半程
断肠草叩不响桃李的门扉

(以上二首选自《北京文学》2020年7月号)

雨 中（外一首）

李以亮

大雨瞬息间来临，你在一棵
梧桐树下，等待大雨收住

你是二十岁出门，此时已经
五十出头。中间，只是一场大雨

在天底下行走，独自一人
是你把自己弄到了这一步

归途已无可能。从起点
到终点，中间只是一场大雨

那些站在屋子里的人，望着外面的大雨
窗子映衬他们表情各异的脸

而你一个人在一棵梧桐树下
暗自唏嘘，那些一生不被雨淋的人

墙上的字

摆脱间架的束缚
在墙上流动
我熟悉的诗句
——不，汉字

在墙上流动
空闲时的杰作

此刻,它们象征
一种纯粹而抽象的美
在墙上流动,缓缓地流动
全然不似平时
落在纸上的东西
急匆匆赶路的样子

我喜欢行书
正如我欣赏,凭借某种气度
随意而从容地做人
却自有一种难以企及的深度

但我也许更长于楷书
一笔一画
谨严而规范,显示
某种约束与刻苦

我在空白之处涂抹
只是为了临睡之前
有些什么可以打量

孟郊让我想起临行密密缝的母亲
一个巨大的草字
什么也不表示
却总是让我闭上眼睛,想一想
久违的自己

(以上二首选自《草堂》2020年第2期)

麦草人（外一首）

杨　梓

糜子已割，田地犁过
偌大的山坡只有一个麦草人
斜阳之下，显得非常醒目
似乎凝聚了土地上所有的孤独

麦草人戴着黄帽子，穿着旧衣服
腰上扎着麻绳，只是未穿裤子
从糜子开花前就站在田里
但吓唬不住见过世面的麻雀

麻雀最喜欢糜子，乌云般铺下
一顿狂啄，但闻声响腾空飞起
我也喜欢糜子，尤其是垂首的样子
咸韭菜、黄米饭的味道犹如早恋

乡下的麻雀好像都已进城
手架鹞子的汉子走进民间故事
地要倒茬，不种糜子
但麦草人衣衫破烂，依旧站在山坡

（选自《朔方》2020 年第 10 期）

陶瓷花瓶

一个洁白的陶瓷花瓶

从西夏到现在没有一点残缺
当年是哪位女子插过哪些鲜花
浇过哪口井里或者哪条河里的水
又在风尘中经历多少人的珍藏
只有花瓶守着秘密

夜深人静　我似乎听见什么
感到一个女子在瓶口轻歌曼舞
很像十月的金菊
散发着一圈淡淡的光晕
花瓶为我诉说着一段忧伤的故事
水在天上而花在瓶里

　　　　　　　（选自《诗选刊》2020年第11期）

钻　孔（外一首）

杨炳麟

谁在引诱它结实的躯体
它的怒吼，庞大而且缺失节制
那位置，停着泥石，停着陡峭的神秘
它最靠近一闪而逝的知己
腐锈不堪的工具早已从上往下
脱落；筋，闪出枯藤的光泽
乌紫，红色，黑色，最常识地纠缠
眼见地狱里的恶灵驮着尸裹
一个行窃的、黑硬的影子
从地核深处朝人类敬礼

失　重

有碑，有刀痕
大片瓦砾散布的黄土上
无法挪动顺着风倒斜的树木
它们活着，比跪着的姿势高半头
些许的麻木，双膝下，像个怪物
历史补丁，透凉、泄光
倾泻不止；几根草歪倒病里
别动它，野生的、金子般的
一次又一次失重

（以上二首选自《西南作家》2020年第3期）

异乡人（外一首）

王 键

三十年的训练和矫正
我基本学会了他们的语言
包括口音和方言
我因此被接纳，成为
他们的一员

但仍然有一些词语的发音
因我不能捋直的舌头
总是不能发出

还有，一些敏感的词
我总是小心翼翼地避开它们
躲不开的时候，便再次被他们
讥笑为外乡人

这样的一些词从此成为我的
禁忌个人生命中的
无人区
它们像沉雪，深埋在某个黑暗的地下
不能看见不被融化

不幸的是，当我回到故乡，故乡人
同样把我视为外乡人
讥笑我一口的京腔——

故乡竟成为我永远不能回去的异乡!

有一天,我在梦里同另一个我
喝酒
我们用世界语在谈天——
我成为我自己的异乡人!

沉默期

沉默期如婴儿,在母腹
黑暗而幽静的空间里
自由生长。

无声的十月,失去的语言
在生长,从胎儿到孩子
当沉默首先打破沉默期
破啼而出——
世界也为之动容。

在四声调的变奏之中,诗人
用冷锹挖掘词根——
一棵树
向大地母腹无限伸展的根部。

喧闹的大街。一个人
独自走在拥挤的人流和车流之中
水与水拥挤无声,一颗星
为他照明
在沉默期的深处。

(以上二首选自《上海文学》2020年第11期)

遇 见（外一首）

方文竹

我只能遇见你的一部分
每天遇见一点点
哪怕陷入百万人流　也会辨认出
你的头　颈　胸　胳膊　腿　音容笑貌
你的一点点
夜深人静时你好像整体出现
可是那只是你的幻影
打开书本　你在文字里浮现
不时地对我望一眼又消失了
在异地城市的月台
我看见一地的阳光镀你　浮你
我甚至在三十年前初恋女友的身上
遇见过你的一点点
我用全世界的光明打造自己的双眼
一生一世你也不会以整体的形象出现
我每天只能遇见你的一点点
我的思想养育你的气韵
在音乐与绘画之间跟踪你
我的美梦给你完形
在蓓蕾与坟墓之间描摹你
我的神话将你变形
在天使与魔鬼之间打开另一片天地
你的平面　你的立体　你的分身术
总会让我一点点地出神　建构

欣慰的是　你的余下的部分
你的一点点
阴影的部分　未被遇见的部分
还会被我的子孙一点点地遇见

（选自《安徽文学》2020年第7期）

爱荷华的黄昏

太阳是暧昧的　对于一株玉米的生长倾注了心力
土地是热烈的　却经不起海浪的轻轻一击
篱角红药是鲜亮的　斧头的征象掘进深度
一位老人转身进入农舍　他放弃的一双手
在天地间收拾残局
够写意的小苏河两岸此刻蓄满了浓黑的胡须
接续上墨西哥湾的一道蓝
时间的流水不及物呀　会有人爱上它的抽象的美
旷野间的小酒馆　墙上的吉它长出了细脚
晚安　晚安　无边黑暗中的一千双眼睛
已不再是眼睛
世界重新拆解与组装　月亮回到了原形

（选自《绿风》2020年第1期）

爱江山的理由（外一首）

盘妙彬

竹林跟着河水一起弯曲
当然，一段风是弯的

飞奔而下的雄壮山脉
埋头在河边饮水
我看到一群马匹，几只虎豹
它们与流水构成图画
是我爱江山的理由

源头的深山发现了矿
挖矿和洗矿的水变成了钱，水不是水了
河边浣衣成为过去
但我记得一只豹子看到的少女

河不是河了
风还是风，一段婀娜，一段弯曲
一段在浣衣少女的身上
我记得河水可以浣衣的时候
一只豹子看到的少女

此处，此时最深情

木桥一头牵着的竹海摇摇晃晃
落日在另一头，在群山中摇摇晃晃

万物无声，波浪在继续
从空中放下的炊烟此时在思罗河上摇摇晃晃
风想抓住它们，但风摇摇晃晃
三只蝴蝶在找今晚住宿的客栈

摇晃，小小晕眩，美，祖母膝盖的童年
祖母颤抖抖的手
……此时，一座木桥人去桥空等于我的孤独
此时，一只蝴蝶找另外三只

(以上二首选自《上海文学》2020年第11期)

我在等它一脚踏空(外一首)

卢卫平

它肯定是从鸟窝里
偷偷爬出来的
在轻轻晃动的枝丫上
它每走动一步至少需要
间隔三十秒
这三十秒是它用脚趾
紧紧抓住枝丫的时间
我能听见树叶响时
看见它的翅膀
试着打开
它收拢翅膀的速度
比它试着打开翅膀的速度要快
好像打开需要练习
而收拢天生就会
天色向晚
但我还站在树下
我在等它一脚踏空
等它的妈妈在暮色中
归巢之前
我能看见它的第一次飞翔

大海的驼队

我到海边时

海正在退潮

海一浪低过一浪退缩

沙滩一步紧跟一步扩张

夕阳用最后的金黄

为沙滩戴上胜券在握的桂冠

如果海按眼前的节奏

一直退潮到明天早晨

海会不会消失

沙滩会不会成为沙漠

退潮的涛声

治好了我多年的失眠症

沉沉的梦中

我四处奔走

用卖掉舟船的钱

为大海建造一支驼队

(以上二首选自《作家》2020年第10期)

格 局(外一首)

北 乔

森林的辽阔
在一棵棵树的空隙
大树满怀谦卑
矮小瘦弱的野草,欣赏自己的精致

每一株植物里,都有一个春天
每一个动物,都有所敬畏
风,传递林间所有的恩赐
光影在书写,在舞蹈,快乐或忧郁

狼的嚎叫,震颤山谷
小虫子挥动触须,阳光无法入睡
下降,是另一种上升
低处的溪水,收留树伸向天空的雄姿

小树,不一定要长大
长成自己的骄傲,就好
巨石上的青苔,因
巨石的强壮而精美雅趣

一首歌,传唱森林的寓言
风暴与细细的喘息,互为崇高
再明亮,再黑暗
万物,都有自己的光芒

担心他者的宽广
狭小,将会囚禁花香的美妙
释放自身的心界
最好的解救,惟一的宏大之路

(选自《作家》2020年第4期)

在朝西的房子里论道

朝阴的时候,后背
海一般的阳光
飞鸟巨大的翅膀下,居住
大地的火焰和人世间的自由

潮湿,簇拥内心的嫩芽
我们从不缺少坚硬的外壳,柔软
常在烈日下干枯
疼痛早在欲望中死去,无葬身之地

可以熟悉,可以学会与黑暗相处
喜阴喜暗之后,自己就是光
不担心失去,阳光将会到来

逆光时,总看不远
无法注视自己的影子
在那里,有白天里如梦的夜晚
坐在宁静之上,清醒如初

(选自《广西文学》2020年第6期)

我睡在我的身体里(外一首)

罗鹿鸣

我睡在我的身体里
我身体睡在床上
床睡在楼板上
楼睡在地上

我的今天睡在昨天里
我的明天睡在今天里
我知道今天里也睡着明天
但我不知道明天在哪里

我有时是我的朋友
我有时又当做自己的敌人
我认识我时非常清醒
更多的是我不认得自己

我曾相信命运握在自己手里
知天命时发现握的是一团空气
空气里只有风和雨的战斗
命运原来是草木一春

生日表

早晨,在没有太阳的时辰
我接受了一件久违的礼物

送礼的人是我自己

接受礼物的是我五十二岁生日

在不需要手表的时代

让腕上重新升起一轮金月

不是为了记录时间

只是想让岁月留下一点响动

看光阴如何蹉跎

看雪花消融在夏日边缘

看纸上的生命淡定无比

看身不由己坐着分秒的渡船

彼岸,泪水是苍老的

鲜花失去了昨日红颜

嘀嘀嗒嗒的回声

沉着,冷静,从容而辽远

(以上二首选自《鸭绿江·华夏诗刊》2020年创刊号)

风在追我（外一首）

亚 楠

顺着河水一直向前
蝴蝶兰，橡树，和野蔷薇
都在脉管里穿行

夕阳中云雀
忽然朝下俯冲，如轰炸机让
他的尾翼高高隆起

归巢的鸟迎着风
追赶落日。而马蹄声
在耳边把明亮埋进了心底

盛夏，脚步沉重
这风干的省略号
心事重重
被酷暑围剿，就像困兽
被装进了囚笼。而昨天一只
雪豹刚死于非命

这年头，每天
什么事都会发生。洪水泛滥
鸟都困在了梦里

（选自《长江文艺》2020年第12期）

从未抵达

有时,我会到河边走一走释放
积压的困顿
缓缓地
从童年里捕捉灵感

可我无法到达那里
因为琢磨不定
的灵感总是在暗处把光
熄灭掉

这种釜底抽薪实际上就是
不确定性
在我记忆中显现
它的张力罩住了我曾

痴迷的事物
不管怎样我现在已经确认
许多东西
都可以完全放下

(选自《清明》2020年第6期)

白　鹭（外一首）

魏天无

这是滨江的一个造船基地，六七只白鹭
在厂区草坪上优雅地踱步，不时张望着
即将远航的极地探险邮轮上翻飞的彩旗

我在江汉平原的稻田、荷塘、楝树下见到的白鹭
与这里的没有什么不同，仿佛它们是顺江而下的迁徙者
但它们似乎更瘦小，更轻盈。当我

在巨大的钢铁森林中，在橘红色的铜墙铁壁间
仰望蔚蓝天空的时候，我渺小的身躯里容不下浩叹
我的诗不饱满，不坚硬，不能在猎猎长风中岿然不动

不能像一片白鹭的羽毛，被这片江海润泽过的土地所收纳
异乡人懂得水里的微笑※，寻寻觅觅的人总是一步一叩首
像这些白色的精灵，从不慌张，也无聒噪

※ 出自卞之琳《道旁》。

致父亲

每次去你的墓地都阳光灿烂
哪怕是在最糟糕的季节，在最不怀
希望的时刻

这里面一定有什么不可思议的东西
比如知晓，比如关照，比如
不希望我们满怀阴郁

我们每次都可以看见你也可以看见的
对面的山，山下的荷塘
那里面的荷花一样地开，荷叶一样地枯萎
它们的枯茎在手机镜头里有着一样的严峻

也就是一块墓碑，空着另一个人的名字
也就是一个墓穴，空着另一半
也就是我们给你带来红葡萄酒（"不要干红"）
还有不费牙齿的花牛苹果

过后我们直起身，看看天
说天气真好

（以上二首选自《广西文学》2020年第9期）

论短暂（外一首）

毛 子

越爱，就越怕
我的怕，也是悉达多的怕。

当这个迦毗罗卫国的英俊王子
从锦衣玉食中
看到万骨枯。
他也从悉达多变成释迦摩尼。

这也许是一切宗教的起源吧
所以，当我说起佛祖、耶稣基督、观世音菩萨
说起秦始皇、凯撒大帝和古代的炼丹术
我其实在说
我们最初的怕

原 理

岁月提供的东西，足够可以
总结这个世界。
但我还在等待未发生的事情

——鱼缸里的金鱼，何时能游过
那块透明的玻璃。
客厅里的桌椅，在我上班时
会不会离家出走……

我努力地去想,世界就越接近
测不准原理。

不想这些多好啊,我就变得轻松
像飞机把天空
留在了天空……

(以上二首选自《诗刊》2020年10月号上半月刊)

下扬州（外一首）

崔世广

不期的偶遇

在瓜洲的渡口

闻笛声声

随烟柳飘走

清风浦上的哀叹

连着二十四桥的月明

乌篷摇梦

静静听

闲潭落花怨幽幽

牵挂在心头

红烛罗帐广陵风晚

珠帘漫卷豆蔻梢头

风流把盏休薄幸

一池春水吹皱

子规啼破春愁

点点思念里

人比西湖瘦

……

春天·重复

一个美女问我

你院子的枣树是否长了新叶

我把头转向门帘外

悄然，光影摇曳

十几个花盆
在枣树下慵懒着
那是清明后种的葫芦
我这样回答着

微风吹过
呢呢喃喃两只麻雀
问我感受到了春天么
我默默，貌似就在昨夜

我开始洒水，扫院
这重复的工作
因为春天
也在重复着……

（选自诗集《雪池诗墨》，作家出版社 2020 年 9 月版）

冰与火（二首）

徐丽萍

我是冰

你看不透我
你不会知道　我的心是冰做的
这是春天也无法抵达的地方
是风信子花也无法染红的白
毫无生气　又顽固不化
用孤绝的表情对抗一切
你那娇艳的玫瑰　也点燃不了
一次浪漫的约会　你被拒之门外
成了一个孤独的影子
可是你无法预测这情感的温度
你无法揣测
一颗心在急剧降温的惊恐
慌乱的表情　零度以下的艰辛
一堵透明的玻璃墙
把我们隔绝成两个世界的人
你看不透我
你不会知道　我的心是冰做的

我是火

你看不透我

你不知道 我心里也藏着一团火

是灶膛里 干柴烈火的火

是煤油灯下 温柔宁静的火

是旷野里 野性又魅惑的火

是灵魂深处 幽暗又狂放的火

这把被冰包裹着的火

是宇宙的一颗星辰

是埋在宿命里的一枚炸弹

它沉睡在一朵莲上

沉睡在蜻蜓的翅膀上

你不知道 冰是能包裹火的

你也不知道

火隐忍的时候更像冰

那些徒劳的旁观者 追逐者

用他们的箭镞 龟甲上的画符

无法打开一座城堡

一个沉睡的魔咒

而只要你的一个深情的注视

就能击碎冰甲 让我重获新生

（以上二首选自《绿风》诗刊 2020 年第 2 期）

夜晚,空镜头的城市(外一首)

孙 萌

1

黑夜用眼睛脱掉城市的衣裳
深入街道的动词开始变绿,变湿
吠叫的鬃毛狗把小区凝固成一个静物
玻璃上的树影带着海底化石的密度
像柔软的天鹅在水面上留下划痕
秋千架冲破白天的故事撞击萦萦回回的云
他们摊开画布,开始画晨昏,晴雨
烈日,暴风。一个动作从勾到勒
从皴到擦。从山峦到大海。从腹部到背部
在无声中倾听峡湾的收缩与扩张

挺立在小区池塘的荷花闪耀在梦里
他们的幻影把抽象还原成天国的形状
在肉眼看不见的画里存在
在许许多多的死者与生者之间存在

2

我在低分辨率的文字中看人
在高清晰度的图像里看城市

慢时间

在高铁体验慢时间

看见魏晋大唐呼啸而过
两宋的词句被雀巢矿泉水一饮而尽
声声慢的细语呢哝搅拌进高铁的
"刷刷……刷刷……"
一台削铁如泥的机器
时速三百五十公里,转眼吞没了明代的宫乐
元朝的小令

慢时间也有标识
高脚杯状的沙漏
在高铁上喝红酒
看慢时间从嘴里流到肚子里
就像从李清照的济南到梁思成的北平
中间隔了肠子似的城墙
与肾状的角楼

两处闲愁,一种慢时间
从沙漏上下来,上了心头,又上了脸
一酒杯的红色慢时间
在高铁看风动,看幡动

(以上二首选自《大昆仑》2020年冬季卷)

那片坐在山巅的云（外一首）

马启代

云，是有翅膀的，那片坐在山巅的云，一定是飞累了
它在那儿一定凉爽

我也一直有飞的渴望，还没有飞远
身上压着一张魔符

我的灵魂一直翱翔，为了拥有天空
我正在使劲地长高

——"一粒沙，就是一个世界"，有人说。
汗，出尽了，我也许会变成一粒盐

哦，一粒盐，试图着陆的天空已经感觉到疼

（选自《星星》诗刊 2020 年第 5 期）

望星空

这个季节，绿叶和花朵还没降生
空中只有乌鸦和灰喜鹊
河水也没有醒来

我只有在夜里凝望上苍
可是天堂里也没有色彩和声音

不像夏日熙熙攘攘的众神出来纳凉

只有晚风在旷野走来走去
还有我，以及很少几颗散步的星辰
在这天地的暗处彼此照耀

　　　　　　　（选自《绿风诗刊》2020 年第 5 期）

广陵碎词（外一首）

沙 克

湖里土里牵出长安洛阳身后的城邑
舌尖的俚俗荤
手头的工艺绝

王陵之侧的茉莉香
香成小曲儿扭捏成白鱼精
两千五百年的骰子在青花瓷碗里，蹦，转
落进王姓的兰花指缝

伯仲之地

烟花，琼花，月季花
拿捏江南雨花
运河，里下河，盐河
渔船货船游船……顶着蓝印花布
温润、水性的淮扬

抓不住它几万条小辫子的淮扬
懒得叙帝王将相
伯仲分户，裙带交搭
大碗阳春面喂成了千百个诗书人家

淮扬近亲，烟雨不分
蟹黄包子和口含绣球的狮子头不分

胸骨里的经史学问往外胀
淮安扬州的牙齿舌头通灶神

(以上二首选自《上海诗人》2020年第3期)

大美新疆(二首)

王芬霞

赛里木湖

借青山,眺望你的容颜
偕绿草,拥抱你的芳华

天边的月亮
与水中的月亮相望
蓝宝石般的深情
汇聚成了浩瀚的爱之湖

舒缓的白云,舒展了笑脸
阵阵涟漪,撩动心中久远的思绪

我看见了日月星辰
我看见了鲜花朵朵
我看见了华盖如云

谁知道我的真情
谁看见了我跋涉的身影
谁感受到了我内心激动的潮水

用你的洁净,洗涤我的身
用你的脱俗,唤回我的心

五彩滩

是谁舞动彩虹的画笔
描绘出神话仙境般的画图
是谁掀翻了上帝的
调色板,为五彩滩着色

置身五彩滩,双眼看不够
一条河,宛如一条玉带
一边是郁郁葱葱的树林
一边是色彩斑斓的雅丹地貌
一个是王子,一个是公主
深情相望,又互相问候

树林里飞出的彩色的鸟
在为谁在传递信息

我想把五彩滩复制
送给朋友,但又怕走了样

(以上二首选自《岁月》2020 年第 10 期)

领带的发明者(外一首)

安 谅

领带最早的发明者
应该是养牛娃
或者,至少也与养牛娃
如出一辙
他懂得牛轭的作用
支配和驯服,十分灵光
一个是制造干活的工具
一个是打造所谓的绅士
目的都是为了听话

我的脖子太粗
也太硬,也极易憋气
对领带抵触很大
有时不得已,场面上套了套
下来就一把扯下

我没做过养牛娃
也不想做低声下气的牛
或者羊
我想裸着自己的颈项
也裸着自己的思想

(选自《深圳诗歌》2020年上卷)

树的灵魂

我相信,每棵树都有灵魂
而且像狗一样懂得人性
小宝不信,他爬上小区的树折技
夜半就听到树的呻吟
传到他的梦里,又从他嘴里
扩散到小伙伴们的梦境
很痛苦。曾经的肘骨折
又发生了一次
在我的后半夜剧烈难忍
从此以后,我们都视树为同仁
浇水呵护,对系住他们的晾衣绳
毫不留情地专政
直到有一天
小宝从四楼摔下,丝毫无损
是长高的树托住了他
枝繁叶茂,柔韧如千万条手臂
一种对树的尊崇
像一棵树在身子里生成
树能延续生命,有灵魂的人
未必都懂,至少
我与树已浑然于一身

(选自《上海文学》2020 年第 7 期)

烟 囱（外一首）

徐小华

红色的砖，红色的瓦，宽幅的厂房
还有围墙上用红色书写的标语
这些寒冷岁月里诞生的红火景物
已被移置到生活的冷僻处
不向这冷僻屈服的，是一根高耸的烟囱
它挺立身子，不向脚下的瓦砾低头
不对往来的白云吐露情怀
从财富的标杆，到环境的弃儿
再到撑住回忆的天空
除了风雨浸蚀的豁口，这座小镇
最高的建筑
从没在时光的变迁中，降低
自己的高度

（选自《草堂》2020年第7期）

山脚小憩

攀到最高处，我们最终
还得下来。山脚下
岁月已经准备了一地秋色
没有拥挤的游人，也没有贩卖的货亭
几张空椅，恰好能够安置
简单生活的烟火

前方是范仲淹纪念馆,左首是
白云古刹。我看见
风在两者之间跑来跑去
而送到我们跟前的
是撑不过这晚秋的枫叶
我们和枫叶
短暂地交流,打开自带的茶杯
只一口,就喝到渐起的暮色
我们相视一笑
不再理会山门外,雾色
渐起的尘世

（选自2020年11月23日《扬子晚报》）

迂 回（外一首）

冰 风

所有的事物都在迂回
只有岁月是个例外
盛夏夜，你无心种下的一块薄冰
在寒冬意外收获到千里冰河

同样，你在寒冬里撒下的
这寥如星空的微弱火种
在春归大地的时候
必然会点燃所有黑暗，黑暗的山坡

所有的事物都在迂回
只有岁月是个例外

白之露，抑或露之白

轻如一粒浮尘，在喧嚣的时空
随意飘浮
或坠落，已经很久不曾关注节气的
更替与争锋
听不见风，辨不清雨

纵然如此

四季的轮回，总会从大地

或天空 发出深沉或浩渺的歌吟
那些让星空点亮
让秋叶纷纷起舞的
蟋蟀般的一尘不染

你可以是一粒尘，但你
无法阻止卑微的翅膀
伴随着岁月的荣枯和来去同频
震颤

今夜，我看见你的眼角
流下一滴泪
是白之露，抑或露之白
……

（以上二首选自《中国诗人》2020年第6期）

拉二胡的人（外一首）

　　　　　　　　　　　　　冰　水

他抱着二胡就像抱着江山
他占据着虚空，琴声不会轻率响起
谁会在一个潮湿的黄昏
听他谈起陈年旧事

但他能与昆虫和鸟雀交换色素
他闭上眼，猛吸一口烟
琴弓和琴弦蹑入沉静
回收的乐音都进了睡袍

当猫头鹰飞过，二胡张开器官
他调好琴码就适应了夜的温度
时间悠扬起来
一座雪山自远而近

靠　近

一只假鸟如何孵出一只真正的鸟
成为黄莺、山雀或者布谷

而后时间到达它的翅膀，它飞向一幅画
画中有一只真正的鸟

我们理解的真正的鸟，往往是

虚拟之物：它所触及的是我们的眼
它不能触及的是离开画面的事物
但它
可以飞，可以冒险

如果它见到的，就是真实的
如果我们正好路过，成为它安全的树枝
我们就是正在经过
虚拟的自己

如果有人在潮湿的画里生火
如果种子发芽，也同时在溃烂
所有这些，只不过是
一只鸟的迁徙

如同，有人一次次把火捧进水里

（以上二首选自《飞天》2020 年第 7 期）

高处寒风几回度,一切终为土(外一首)

宗德宏

若论高远,还得说天上明月
银河星带,一见如故
这是夜的文脉里驿动的清韵
但从另外一个角度
赏析,已然记不住阴影几许
冷凝了的往日
需要穿越的视觉,洞察
并感受茫然的时候
这一刻的仰望,大有所悟

隐于山林的小草
自知渺小,于荆棘丛生处
因此把希望寄托在洁白的云朵
向上而生,扬头挺胸
朴实无华的本性胜似青竹
硬石历风,泉水叮咚
春归的鸟儿展开了翅膀,哦
大自然的气息,在清晨的草尖上
盛开出一颗颗闪光的露珠

疏离、依附,心去情难诉
却也了了闲愁
几十年后,一把泥土,一堆遗骨

(选自《安徽文学》2020年第8期)

唯有内心的辽阔，慰痛

那天，以湖为邻
餐桌上，我背东而坐
一束光，破窗而入
像暗夜里忽然亮起一盏灯

顿时，我感觉一片明媚
而当时正值寒冬
旷野上吹过一阵阵呼啸的风

生活中，谁不经历暑热寒凉
关键时刻，有一种情
饱含着春意，使冰雪消融

有些事，说多了无益
行动锁住的视野，无声胜有声

白云之后，星月当空
人影随行而梦无踪
蓦然回首，一切来去匆匆

躬身自省，这些年不计得失
远离喧嚣和功名
从而懂得了，以后的日子里
唯有内心的辽阔，慰痛

（选自《稻香湖》诗刊 2020 年第 4 期）

春天掉下的松塔(外一首)

阿　毛

砸在我头顶的松塔
里面没有一粒松籽
松树旁站着
穿着碎花连衣裙的紫叶李
却没见松鼠

我拎着这个
没有一粒松籽的松塔
慢慢上楼
地面磁砖上倒映着紫叶李的
碎花连衣裙

绿萝站在楼梯拐角
盯着昏暗、无尽的走道

墙纸的图案也是松塔的形状
里面有松籽
可周围仍然没有小松鼠

(选自《作家》2020年第6期)

割草机

割草机响过的地方

青草零乱，芳香扑鼻

飞虫架起直升机
果蝇栖在我的袖口

右边的荆棘里
有发动探测仪的蜻蜓

我要避开风口
和喧闹的人群

看红的、紫的、白的花
在幽静处摇曳

它们那么自在、好看
有没有像我时常想到晚年？

我轻声问着
走上了一条鲜有人迹的山路

（选自《诗刊》2020年8月号上半月刊）

黑白照(外一首)

陈修平

近日翻阅相册
跌落张老照片
黑白的,黑即是黑
白即是白
没丝毫掺杂
黑的头发,理不出一丝白发
黑的眼珠,透着精气神
白的脸庞,找不出一缕皱纹
也看不到些许疲倦

如今的世界,尽是眩目的色彩
彩色照片里,几缕白发已藏进鬓角
几道皱纹已爬上额头
曾经乌亮的眼珠
似乎也蒙上些许浑浊

看看老照片,又看看新照片
我觉得还是老照片耐看
虽不绚烂,但黑白分明
不必那么花着心思分辨
简简单单的,挺好

(选自《作家天地》2020年第1期)

我越来越小心翼翼了

我感觉到，我越来越小心翼翼了
明明已吐到嘴边的话
常常硬生生地吞回去
一些准备发出的微信
往往删了又改，改了又删
惟恐让人听了，或看了
嚼出些许味道不对

听到有人说的话硌耳朵
就故作不在乎地笑笑
或者找个借口走开
完全不像年轻时的自己
话语冒着热气，脱口而出
时常因一句话争得面红耳赤
甚至还愤怒地动过拳脚

现在想想，那样多没必要
多有不值
然而又想，究竟有多少曾经的执著
遭受风雨的反复洗涤
历经阳光的长久晾晒
依然认为很有必要
依然还会感觉值得

（选自《诗林》2020年第6期）

以 前（外一首）

武 稚

以前，不晓得时间会加速。

以前，人在下，天在上，
天空是一座奔跑的花园。

以前，天空静谧，
星子们争先恐后敞开心扉，
偶尔它们也会承受微妙的挤压。

以前的白云是最深的思想，
它们有着非同寻常的美态。

以前通往天堂的路若隐若现，
神仙们活在十万八千里之外。

以前的植物，全神贯注地生长，
农人们戴着斗笠，
行走在暮色空灵间。

以前，总会有一架老旧的风琴
颤动不已，
一颗星、一棵树、一个人都值得我们去伤感。

以前的泪水，也没有那么重，

风一吹，它们就会倏忽不见。

让孤独变得愉悦

孤独，应该说孤独黑，
总是让人担忧和恐慌。

孤独总是和影子连在一起，
但是它们从来不争先恐后敞开心扉，
它们在黑暗中各自发出幽光。

钟声不会惊醒孤独，
月光也只会让它更加入定，
孤独总是往深处扎根。

孤独如此引人入胜，
孤独里有母亲的步履，
孤独人的夜晚，
其实一样坚定、沉稳。

有人在孤独中挖掘，
而有人坦荡、自信地坐在孤独中间，
他零乱的手指弹奏出激荡清越。

面对孤独，我做不了什么，
我用微笑
让孤独变得愉悦。

（以上二首选自《莽原》2020年第5期）

在边缘(外一首)

滕朝阳

栽树,种草
花也可以
顺道取来赣江之水
有时写几个句子
给它们施肥

还要养些鸭和鸡
标注活在这尘世
任它们四处流浪
天黑了
还有家可归

风来了听风
雨来了看雨
万籁俱静时
同流星划过天际
同光阴结出的浓荫
委身大地

童话

趁还没下雪
桂树暗香浮动
搭一个小木屋

前方种上水稻
寒夜也能抽穗
走丢的老黄牛
在田埂上摇头摆尾

左边就种红薯
根要埋得很深
深得像我的胡须
在红土地扎根

右边栽茄子辣椒
茄子要长成弯月
辣椒也想长成弯月
偏让它长成弯弯的唇

要下雪了吧
在屋后开一扇窗
看两个小小的雪人
再冷也不向火靠近

（以上二首选自 2020 年 12 月 29 日《重庆晚报》）

泡 沫(外一首)

剑 男

一条流水一定有着它的悲伤
它在群山中穿梭,只能接受往低处去的命运
但因其有确切的去处,它也是快乐的
它奋不顾身冲下悬崖,在逼仄幽暗的峡谷
侧着身子,在平野缓缓向前涌动
比很多宿命事物多出来的东西是
它有着一个辽阔的归属,能在不断低下去的
冲决中抵达生命的恢弘,因此
我们看到流水在最危险、最湍急处开出花朵
而在最平稳、最懈怠处却生出泡沫
有人说水花是流水中欢乐的部分,其实
有时也是愤怒的部分,但水花的
欢乐和愤怒都是干净的,只有在平庸中再也
回不到水内部的部分才成为泡沫
像人世所有的痼疾,因为背叛了自己
只能在阴暗角落
和众多虚浮之物沆瀣一气

(选自《诗刊》2020年3月号上半月刊)

阳光灿烂的一天

阳光灿烂的一天,黄昏时候他突然悲从中来
不是因为太阳快要落山,也不是

因为在岔路口,也不是因为即将结束的明亮
也不是惧怕黑暗,也不是有什么事情
即将发生,也不是无所事事
也不是因为孤独,以及柳阴直、客倦他乡
仅仅是因为斜阳洒在金秋的大地上
使一切显得如此完美
他突然悲从中来

（选自《诗探索》2020 年第 1 辑）

吾是我（外一首）

沉 河

吾在旧手机上装了个新电话
并申请了一个新微信
吾让它们只有一个联系人：我
一个好友：我
夜深人静时，一个拨响另一个
吾说话给我听
我扫了吾，吾添加了我
吾白天发朋友圈
我晚上发。吾给我点赞
写留言，我回复了吾
吾给我发红包，推荐好文章好电影
我有时骂骂吾，这是在众知的朋友圈里
极少发生或者没有发生的事
也不担心反目成仇
吾必须树立起接受的勇气并忍受
我疯狂的折磨
有时站在我孤独的微信里
看那个热闹的朋友圈所显示的真相
俨然是一面镜子，照出孤独的自己
日子像平常一样流淌
激荡，高潮，平息
却有了两条河道，两种生存
吾的手机放在左口袋
我的手机放在右口袋

允许拿错了它们,再轻轻地抚摸下
把两个相同的自己放回

悟 道

万籁俱寂。和爱人一起讨论
每日所思最多之事
她稍思索,答曰:写好文章
教书很好的她害怕著文
或许这是她最真实的回答
却不是我要的答案

我所问只是反求诸己
我想回答:我每日
所思最多之事是
悟道。是如何让自己在苟活中
遵循古代圣贤教导
成为一得道之人

她"扑哧"笑出声,带动了路旁
一片小树叶飘动。黑暗中
我看她是明亮的,而我内心
也有着空旷

(以上二首选自《诗刊》2020年6月号上半月刊)

起 飞（外一首）

宋 逖

起飞了，所有的燕子暂时借出了她们的翅膀，
还有海鸥的，还有夜莺的

甚至我的。我想，你在天上飞的时候
所有大地上的屋舍把他们的灯命名为鹤牌的

我甚至借出了独属于白日的黑暗
把光明起飞得像你的恐高症

诗人指纹在他的书房里挡在书堆前睡个长长的午觉

你可以这样
但是请不要偷去我和金重诗集里的睡眠

不要让我们在漫长的孤独中醒着
从未成为亲人，却成为仇敌。

（以上二首选自《一行诗刊》2020 年 12 月号）

故 乡（外一首）

牛　敏

夏天小憩在每一片叶子上
麦子列队走过无尽的山冈

牛儿无言，卧在大地心头
对季节的姿态，咀华含英

当桥上走过晓风和女人
写满岁月的泥墙，又被
鸟语点亮

乡 村

留在槽头，因为有一根缰绳
静候成石桥边的水井，隐忍的话语
很少有人汲取

细细咀嚼比缰绳更长的岁月，以及栖息在
时光中的鸟鸣，白雾和蝴蝶之间的黎明

平心静气地消化白露、霜降、小寒、大寒
雨水、惊蛰、芒种
期待谷雨、小满、清明

（以上二首选自《呦呦诗刊》2020年夏卷）

解冻的日子（外一首）

刘洁岷

在时间被感染为另外的时间的那些天
圈养和豢养自己及父母家人，就像小女孩
在风一样尾随一阵春风急速奔跑时猛地跌倒
忽然觉得有些迷人的东西是可怕的
于是意识到此生的误会曾经很多很多
不可猜度的事情就不再去猜度

在爱人早年留下的一颗山核桃上
有着一条不通向任何地方的蜿蜒小径
随之前行，总是在梦想的边境转回身来
那急促的呼吸和尖叫会再次由远及近
当月亮与太阳在黎明的空中交叠，你站在窗前
巨大的悲喜会让穿着睡衣的人们冲出家门

（选自《荆江》2020年第2期）

空　难

牙龈在飞机起飞的一刻肿痛
金黄明亮的彗星拖曳着炽热的尾巴
居民占满广场，观察空中的乘客
歌舞升平的不眠城市，机舱
像古老的信念一样在空中炸开

火在刺绣，镌刻出悬崖峭壁的轮廓
上苍咆哮发怒前脸上的一抹笑意
急性失忆的症状，燃烧的飞机冲进
节日城市的焰火有如一对交媾的猛禽
心脏的跳动通过红外线彼此传导

火光映红树梢后巍峨的保险大楼
医生在暗处做梦，新闻联播还没有
收到如此爆炸性的讯息，来不及悲哀
临终前仓皇拨打死神的电话号码
将军率领他的得胜的部队无处逃窜

一曲满是尖叫哀嚎的全金属打击乐
空中小姐的浓妆被热量烤化，容器里
机械的故障和又死又活的人体发动机
作者的意外，宇宙主题，入戏太深
跟主人玩耍的小狗玩具漂浮在夜幕上

　　　　　　　　（选自《上海文学》2020年第5期）

花朵的星辉(外一首)

雁 飞

满天星斗
一树繁华
光的反射处
花,便是光的倒影
只有花,与光
心有灵犀
如此相亲
只有光,在暗处
也能清洗出
花朵的星辉

写诗的人
你是不是一束光
你的笔下
会不会出现
诗句的花朵
和花朵的星辉
如果,你只是一朵花
那就请以花的心瓣
描摹
光的形状

(选自2020年8月2日《九江日报》长江周刊)

发现苦楝花开的那一天

发现苦楝花开的那一天
我同时发现
路边的这棵苦楝树
已被我视而不见,忽略经年
这是一条我进出家门的路啊
我的目光把我拷了起来
拷在苦楝树上
整天整夜,直到我喊出痛来
多美的花啊,多美的树
生活的路边
我又被谁视而不见
有一天,我若花开
谁会心痛,谁会怜爱

（选自《创作评谭》2020年第2期）

与故乡书（二首）

王小林

东乡叠罗汉

我喜欢你们紧攥着的拳头
我喜欢你们紧握着的双手

我喜欢你们慢慢上升的高度
我喜欢你们巍然耸立的造型

我喜欢你们在一定的高度
仍然泰然自若的样子

我喜欢你们以力的方式
肖然不动地
耸
立

瑶圩寡妇桥

当丈夫给她留下遗腹子
她失去了渡过人生的桥

当洪水吞噬她的儿子
她看到更多的生命需要一座桥

她更需要一座桥
她需要建一座桥

她要在这座桥上守候亡夫的魂灵
她要在这座桥上守望远行儿子的回归

她心中始终有一座桥
渡她一生，也渡心中的善良

　　　　（以上二首选自 2020 年 12 月 23 日《临川晚报》）

过期的糖（外一首）

王　晖

它还摆在小店货架上
糖纸上小牛的图案
和来自小作坊的文字
为我熟知
保质期已过
但味道没有变
我的品尝加深了对它的偏爱

这种偏僻的糖
有偏远年代的好味道
在与时间的对抗中
它的糖心
究竟为了什么
坚持着稳定的特质
让过期的糖
保有不过期的甜蜜与回忆

为了我，再坚持一小段光阴吧
我还会回来找你
当你融化的时候
也将是我融化的时候

油菜不停地开花

花还在开
我很吃力
游出这片没有边界的金色波涛

花还在不停地开
我已卷入
一个又一个太阳制造的明亮漩涡

我持续在由此而来的一场高烧中
这一场烧真是太好了
太阳落下,我升起

我与一朵花交换了彼此的颜色
回来后,我爱上了自己的面目全非

（以上二首选自《芳草》2020年第6期）

秋　辞（外一首）

阮文生

地上的叶子影子
最多一小时　就不是自己了
算起来的话
根须和雨声都是经历
如果多个感叹词
再来一只灰雀
就是一个活蹦乱跳的主题
我想说的是
关于秋辞　和一些押韵的事实
牙齿一样的玉米
一粒一粒衔住的灿烂
都是今生和前世
爱厚实的土地
爱默默咬紧绿衣领

棕红的头缨飘过自己
肥胖的云块
在修整一幅寂静
时序不再对准于无声处的雷霆
不必用花香鸟语删除动魄惊心
留住它们吧
去响亮忽明忽暗的感触
高处的神明啊
暂且不要动用星星

那里的百孔千疮
不是完整的经历

水淋淋的声音碎了一地

没有船了
用什么打捞自己呢
看到水我就贫瘠了
珠玉里的伤痕还在
养育着晶莹和空隙

不触摸不回心转意
不用眼神渴望新生的痕迹
回过头来　分散一下自己吧
绿荫已将夏天高出河堤

黑鸟和松鼠还在原来的对立里
树上的动静一刻不停
女人挥着手臂
一条河流参与了清洗
流淌对另一种流淌的介入
谁也无法告别自己

红晕堆积
好比闪电预热的用意
一鼓作气地抖开昨夜
再用双手一把提起
水淋淋的声音碎了一地

（以上二首选自《品读》2020 年第 11 期）

用减法写诗歌(外一首)

孤 城

面对茫茫白雪,零度左右的空寂
我喜欢往诗歌里不断地添加些什么
比如:在风雪夜归人的前方加三两盏橘灯
在一个单身男人的病床边加一堆炉火
在雪地深处加一只红艳的野狐狸划出的一道闪电
在乞丐的破碗里加一块附有魔法的银币
加上满满一鱼篓情书,催那个独钓寒江的老翁
踏雪回家,往黄昏里斟两盅羞红的酒
那些封冻在内心的,加上温暖,再加上语言
往寒冷的空气里加入花园的体香
掀开雪,把花花草草加入异乡人的箫声……

现在是春天。我要用减法写诗歌
把一切美好的
统统减回到真实的生活当中去

梦 游

四周寂静。钟楼咕哝几声,又隐身
睡去
那人惦记起未了之事
独上楼顶

伸开双臂——走在深渊的边沿——接近飞翔

像极了
一只风筝。突兀，且飘摇
低处黑而无效
星空无效
得失荣辱无效
深哀极乐无效

一个不带思想意识的人，居然活生生地
摆脱了尘世与自我的
束缚
安享了自由

（以上二首选自《诗歌月刊》2020 年第 3 期）

极简美学（外一首）

唐冰炎

鸟群从远山牵来暮色
光开始忽幽忽明，惊搅了一河红鲤
一动不动的是马头墙
以一级一级向上的姿态，固执地顶起那轮落日
古徽州的婺源，请递我一束黑白色的针线
我要缝补骨头里思乡咬蚀的空洞

青石小径向里，你的孤清
早已败给你无法反驳的尘世，于是
我拒绝娉婷的旗袍，摇曳的纸伞
如你从前深隐江南，以黑白对峙琉璃与朱门
此刻，只有我的影子，单纯干净
月色下，配得上这极简的水墨空灵

（选自《淮风诗刊》2020年12月号）

爱 情

爷爷葬在小山左边，正对山右的奶奶
像老屋院里那两把旧藤椅
一左一右
许多年前，他俩也这么坐着
一左一右
像守着共同的秘密
不说不笑，却谁也不会离开

（选自《岁月》2020年第5期）

谷 雨（外一首）

廖松涛

天若有情，就让
每一滴雨水都入土为安

布谷鸟守在村口，叫喊
切莫断了人间烟火气

让怀孕的花朵顺产。每一粒果实
都足斤足月

雾灵山的秋天

老树不胜酒力。几杯山泉下肚
沿途的树叶就红了

多亏几块大石头，硬挺着
让山川有了嶙峋的骨架

起雾了，成千上万朵野花
在云海中走散

（以上二首选自《中国作家》2020 年第 10 期）

一只鸽子(外一首)

柴立政

黑夜压来
声控灯被动静打扰得或明或暗
一只鸽子陷入绝境
从邻居家的纸箱缝儿探出头
眼睛里藏着惊恐万状
当白昼展开的时候
辽阔的天空
能否知道曾有飞翔的翅膀失踪
不经意仰望天空
那是鹞鹰吗
正在展翅翱翔
瞬间把眺望的目光升高
天空辽阔
它还在抖动着翅膀
再次向上盘旋
太深邃了
眼睛已经追不上它的身影
自己像在虚空中飞
山川一掠而过

蚯蚓忧

如果你愿意
我会借给你一些力气

带着自己那透明以及柔软
且半红半白的身体
回到泥土里去
那儿才是你的愉悦之家
尽管充满了黑暗
却能稳住心
赖以生存的地方
是不能贸然离开的
即使你可以断身而不死
也不值得冒险旅行
就为了这雨水
为了虚妄的白太阳
善已经挡不住
逐渐靠近的脚步
人们常常选择你充当诱饵
用你的命钓鱼的命

（以上二首选自《凤凰》2020年下半年刊）

黄昏辞(外一首)

心 亦

临风:日暮时,苍山:欲隐。
宛陵河畔:天色、水色、春色,
交融共生。

落日熔金:天与地,心心相印。
瓣瓣金鳞:情不自禁,迅疾
扑入水声

颤栗的光之裂音
潺潺地抚琴

倾耳凝听:
听琴?听心?
听风声?听寂静?
听他乡?听远行?
听流星?听故人?
听来世?听苍生?
听孤萤?听灵魂?
听黑暗腹中所孕的黎明
每日重生………

黄昏:正逼紧,人生的后半程。
沧桑:分分秒秒,围城。
纷至沓来的脚印,都将随碎影遁行

几副杯盏里，浸泡着野生的小令，
清香，品亮了窗外：草木丛中，
正在恋爱的虫鸣。

花瓣开

春风，散入。琴师：隐身。
弹奏着杏花的每一片嘴唇。

瓣雨纷纷，色彩，敞开斑斓的门
四溢余庆。

望眼欲穿的顾盼，是否还在执意久等？
季节谢幕时，缺席者才姗姗来临

花蕊围坐成不规则的圆形
即兴演奏嫩芽状的颤音
微风的舌，舔动挨挨挤挤的杏林
粉色欲滴，屏息凝听，甜蜜中
嗡嗡的陀螺，沿舞蹈的旋梯，搬运花粉。

花儿们，快快醒来吧，快快醒来
受孕！时光，不等人！

（以上二首选自《安徽文学》2020年第8期）

植 物（二首）

赵国培

竹

生就一副
铮铮铁骨，
哪怕恶石拦阻
毅然挺身而出。
非春也好
无雨也罢，
全然不顾！
终生甘当
千军万马中
普通一卒，
一门心思
只为壮大
巍巍绿色家族！

贵在有节，
一身傲骨。
霜打风摧
雷折雪辱，
也难羁绊
前行的脚步。
虚心向上
疾呼劲舞，

用不停的生长，
苦苦追索
信念的高度。

让我加入
你们的队伍，
长成一棵
亭亭翠竹！

落 叶

并非树太绝情
不是风的罪状
纷纷落到地上
叶子也不心伤
整整站了三个季节
高高在上累得发慌
一门心思回归故乡
躺一躺

躺着躺着
走进了梦乡
与泥土融为一体
变幻成新的模样
这些想家的孩子啊
终于枕上
大地母亲的胸膛
睡得香甜
睡得安详

（以上二首选自《绿风》2020 年第 6 期）

声音建筑师（外一首）

尘 轩

用笛声盖起一座房子
孔洞里飘飞出炊烟和歌子
也伸展出浓荫，高出屋檐
我们在笛声里修剪叶隙里的蔚蓝

有人碰响了琴键
蔚蓝里撒下金色的光辉
我看见一种永恒的事物在光线里翻飞
即便，琴音不再
也有一些尘埃，无处安放

我最爱的口琴和吉他，都落了灰
手指和嘴唇上，也覆盖了薄薄一层
谁来拂尘，谁来？
有人悄悄走来，把弯月举过头顶
索性，把日头击沉
听一听，比击打牛皮鼓还沉的声音

火星在我头顶，像一块失落的大陆
缓慢与人烟相遇
我提着熄灭的灯，仰视夜空
星光闪烁声，让我想到人间交响
一些没有名字的乐器
正在静谧处开始发声

我用一朵花,路过春天
我用一支乐曲,路过谁完整的一生?

如何在一首诗里将故乡拆除

这是一件艰难的事
让诗诞生的粮食和蔬菜长势尚佳
一些墙壁、梯子、信号塔正生长起来
一些坚固温暖的东西,还放在里面
一些人离开又回来,找自己的脐带

毁灭是它终极的命题
但这需要时间——
一口井,是一条通道
柔软的烟,是另一条
它们总能找到自己的出路
我是故乡的一部分,或者就是它本身
我搜寻我的出路

我怀疑故乡是一个装置
场地、材料、情感,它一样不缺
围观者在不断减少
撤展后,它将被安置在大地肉里
它将比从前更为完整

从诗里瓣下的碎片和深入泥土的部分
总会滴血相认
在一首诗里将故乡拆除,是件难事
我一生无法完成的事

(选自《草堂》诗刊2020年第11卷)

体 重（外一首）

爱 松

一阵风，吹不动影子
它，躲在我的身体

一场雨，淋不湿大海
它，落入我的梦境

一堆火，烧不着天空
它，燃着我的心口

一片土，埋不下白云
它，铺于我的掌纹

这些正在丢失的
原来，并非只是血肉

它，藏在你眼底
动一下，这人间
便疼一下

病 房

送进来的人哦
你给白色的墙壁
带来了

红色的温暖

抬出去的人啊
你将黑色的梦境
捎给了
落日的金黄

（以上二首选自《滇中文学》2020 年 9 月号）

扯 闲（外一首）

石玉坤

快生活慢下来，扯闲
一杯茶
从春涩泡到秋淡
旧事物又着上新色彩

陈年的芝麻扯出来开花
经年的烂谷子扯出来发芽
旧箱底的衣服
扯出来再晒冷暖

一只童年的蚂蚱
被扯出来
在秋后又蹦三天

扯闲，不是闲来无事
不是把曲折扯成横与直
不是把是非扯成方与圆

扯闲，只是把一团生活的乱麻
扯出新线头
只是一个人，把灵魂
深处的暖
翻出来再暖一遍

乡 槐

村口的那棵槐树要移走了
绿叶翻动去年的鸟鸣
春风里阳光跳跃
洁白的槐花吐出笑容

一棵童年的槐树被挖走了
来不及回填的深坑
残根像裸断的骨头
揪疼人心
有人正把它搬运到车上
根抱紧一团乡土
绕缠着几圈草绳

一棵乡村的槐树已移栽到城里
进城打工的二蛋、三狗子
一眼就认得
浑身臭汗的兄弟俩
刚从公交车上撑下来
抱着槐树痛哭
就像抱着自己的亲人

（以上二首选自《诗林》2020 年第 2 期）

伸向远方的不止是道路（外一首）

孙英辉

从一朵
以及更多的花里
我们看见时间的远方
那里野果玲珑
种子在歌唱

从一片草原
我们看见土地的远方
那里风是牧人
手挥阳光或雨水
放养人间草木

从一个人脸上
我们看见灵魂的远方
人们放下不平　卸去愠怒
提一束月光
赶往永恒的宁静之乡

（选自《诗林》2020年第4期）

蝴　蝶

我一直在想
是哪一片树叶

如此幸运
被春风吹生了翅膀
化蝶而飞
带着叶子的枯色
在树丛下
没人像我一样
看得更久
他们都说看到了落叶
只有我知道
它的翅膀正要掀起
绿色的春天

（选自《海燕》2020年第8期）

柔 软（外一首）

代红杰

出门十日，阳台上的花枯了三株
分别是文竹、百合、栀子
她们应该是喊过渴的，白天
喊过，晚上，喊过
白天，山中的溪水声太喧哗，我没有听见
晚上，山寺太静，屏蔽了外界的声音，我没有听见

眼眶里的几滴泪水，终究没有落下
它们内疚，自己回来晚了

在山中

有时候，你会莫名的感觉
山中的空。很多东西那么遥远
一种没有中心位置的空

你从一座山，到另一座山
你始终在一个最空的地方

这种感觉会让你丧失存在感
强迫你产生赶快离开的想法
你甚至，为一个人的弱小捶手顿足

如果，恰好是日落时分

你会为这次山行,后悔不已

如果这时候,你脑海中
没有一个人,突然蹦了出来
毫无疑问,你已经接近
人世间最没有根的,那一个

（以上二首选自《诗选刊》2020年第8期）

回 忆(外一首)

李 成

一只鸟
栖息于一棵树
那棵树已然古老

忽然来了一场风暴
一地枝叶零落
那棵树折断了腰

鸟儿衔起一根树枝
飞走　它不是
怀旧　而是为了——

在渡过茫茫大海时
把树枝投到水面上
好临时歇歇脚

大河曲

大河滔滔奔流
一直奔向出海口
河流里一尾尾亮闪闪的鱼儿
到出海口便变成无数海鸥

大河哗啦啦地疾走

像一头巨蟒吞噬着山川
一边吞噬一边倾吐
吐出了一个人烟稠密的绿洲

大河载着水珠融融泄泄
你以为白白流逝
却不断有金砂沉淀下来
到春天还你一个草长莺飞的田野

一叶叶圆帆顺流直下
刚才在地平线，现在已到天上
桅灯缭绕一缕缕晨曦
桅灯密密地在夜空闪亮

（选自《绿风》2020年第6期）

致母亲（外一首）

杜　剑

我黑色的白发长在母亲发如雪的白发上
我千疮百孔的疼痛痛在母亲千疮百孔的疼痛上
我不能承受的承受之重压在母亲骨质疏松的残缺骨骼上
我迷失的站台一定有一列母亲的绿皮火车经过

富春山居图

我误把《富春山居图》看成《清明上河图》
是把一条江看成一条河了
把富春江的子陵鱼看成汴河的马口鱼了
把富春江的山鸡看成汴河的鸡毛测风仪了
把富春江的桃花看成汴河的牡丹了
把富春江的奇山异水看成汴河的舟车、市肆、城郭了
把老态龙钟的孙钟看成风骚的北宋厨娘了
我以为只要指认一条水系
江河就可以不分你我

（以上二首选自《星星》2020年1月号上旬刊）

我的世界开始放晴(外一首)

牛 涛

我的世界开始放晴
艳阳暖透了雨
着白色衣裙的她
在山坡上起舞
一回眸的温柔
像一朵玉兰绽放在晴空下

我的世界开始放晴
南风吹干了泪
裹粉色披肩的她走进我的花园
一转身的妩媚
像倾城的百花撒遍我的世界

一路南下去找你

一路南下去找你
江南小巷里
寻觅你撑纸伞穿旗袍的秀影

一路南下去找你
乘小舟穿过万丈烟雨
你或许就在烟水尽头的阁楼里

一路南下去找你
策马狂奔过红尘千里
原来你就在南国,等了我好几世

(选自诗集《英伦下午茶》,河南大学出版社 2020 年 8 月版)

三辑 网络选萃

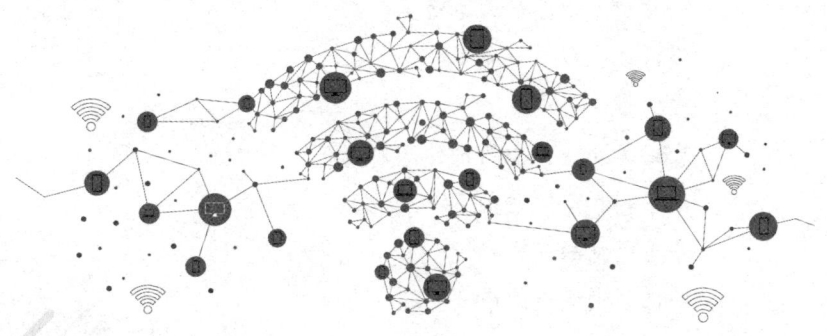

与一片白云相遇(外一首)

孙大梅

尘世间总有些事物在
是与非之间
一条河即是彼此的对岸
有时候我们会被远去的时光感动
午后,在寂静无人的杂木林里
一片白云悄然从天边而至
近得让我迈两步就可以
被它带走
白云深处有思念的声音传来
那一刻我忽然领悟了
今生遇见的人和事
一部分竟源于无中生有

石 榴

我从秋风里走过
树上挂满了一颗颗脸红的石榴
怀揣着叛逃之心的石榴
你不把它们带走
夜里它们就会借着大风跑掉

我们看世界的眼睛
一部分真相已被大脑屏蔽

这和秋风中脸红的石榴相似

经历了半真半假的期待

只有飘过的风知道：来龙去脉

（以上二首选自"卓尔诗歌书店"公众号 2020 年 10 月 19 日）

鸟儿问答(外一首)

潘洗尘

与常来家中的鸟儿
朝夕相处了这么多年
至少 我已经能听得懂
它们说什么
今天 突然听见其中的一只
正在教育另外的一只
大意是什么你可以说
什么不可以说
我这才突然发现
过去它们还只是一群
不说人话的鸟
现在 它们竟然变成了一群
不说真话的鸟

清 明

为什么我们的先人
把如此澄澈的一个词语
给了今天
给了那些逝去的亲人
难道 真的是被我们称为
阴间的世界
更清明
而我想说的是

在这样一个特殊的日子里

是不是应该

有罪的谢罪

无罪的默哀

（以上二首选自《读诗》公众号 2020 年 12 月 31 日）

阿姑山谣(外一首)

蓝 蓝

阿姑山,阿姑山
一群羊在坡上啃着青草。

四个孩子在草滩上笑
他们的爹娘在树林里哭。

阿姑山,阿姑山
沟里有十颗黑色土豆
桌子上有一只空碗。

一把斧头跟着你们
太阳在穷人的脖子上闪耀。

阿姑山,阿姑山
今晚的月亮又大又亮
有罪的诗人正在把你歌唱。

低 诉

蟋蟀在我的窗下用歌声织着
不是一张网,而是一个洞——

把一个人慢慢装进去
用你那凄凉、温暖
空空地抱紧。

(以上二首选自《特区文学》公众号 2020 年 8 月 9 日)

妻 子（二首）

曹 旭

我可以慢慢地想你

在平静如水
没有人打扰的夜里
我可以慢慢地想你

我要翻开日记
从我们认识起
一寸一寸地想你

隔着一衣带水
无法见面的日子
相见不如想你

我要高举一生的红烛
用流泪的光芒
照亮我的寂寞

你朝我开了几枪

你对我发脾气
像突然朝我
开了几枪

我被你击中
倒在地上
但没有受伤

我不觉得疼痛
只觉得冤枉

因为你直爽的子弹
在我的身体里

因不认识道路而
四处乱闯

（以上二首选自曹旭博客2020年7月25日）

天堂来信（外一首）

朵　渔

有时静下心来，想听听自己内心的
声音，听到的却都是哭泣

依靠什么，才能将一种枝繁叶茂的风格
带回自己的人生，而不仅仅是一种哀悼？

依靠什么，才能从一种被质押的人生中
逃脱出来，不再恐惧，也不再欠人间的债？

长夜都是沉寂的时刻，只有罪人们在交欢
我也一直想得过且过，但就是过不去

试试只为一句想象中的祈祷词而写作
让诸多词语聚合为一个简单的发光体

试试吧，试试用笔去轻叩星空的大门
为你开门的，必为你带来一封天堂来信

幸亏有星空的教诲，让我不必去读人间
这部书，也能将人的形象写下来

有一种沉默的语言

像每天那样，坐下来，面对一张

白纸的心情,有如面对一座沉默的教堂
他的几本诗集,放在书架上,仿佛
一堆雪中最不起眼的部分,并将在
今后的岁月里不断融化,以至于无形
也许会有一两首留下来,但那又如何?
写作无非是保留自身的脆弱性,并邀请
无限的少数人来庆祝人性的失败。
人只需欣悦地哭泣着,将自己交付出去
让生命涌现,而诗也并非无可替代
有一种沉默的语言,更胜于言说
他知道,一群挑剔的读者在等着他
写出点什么,他却把笔合上
什么也没写,只把心中的话
向上帝默默地祷告了几句
就像他每日清晨所做的那样。

(以上二首选自"朵渔工作室"公众号2020年10月12日)

奶奶的修炼

王爱红

我在老家的日子
父母每月给奶奶十元钱
每每遇到村里的红白事
奶奶总能抽出五元礼钱
一个月如果遇到两回
生活就拮据了
需要平时精打细算

我揣摩大人的心理
立刻遭到温驯
我说
过咱们的日子
管那么多干什么

平时
爷爷奶奶和我吃得都很差
来人的时候则有好吃的
我埋怨奶奶
这是咋

奶奶说
自己吃了就没了
人家吃了
会记得你的好

我喜欢写诗、作文
但不会夸大其词
我并不期望那些受过奶奶恩惠的人
感恩戴德。如果,有哪个
感到头沉了
完全可以忘掉

奶奶在八十八岁那年功德圆满
驾鹤西去。在尘世
她老人家一直在教我
怎样修炼

(选自 2020 年 10 月 15 日中国诗歌网)

如是说(外一首)
——给策兰

蓝 珊

马背上的人影
沙滩上的月亮
冷冻的黑牛奶

他们把那诗
用火烧了
它也是有骨头的

他们把那诗
用脚踢了
它也是有棱角的

他们把那诗
用手按下去
它也会飞起来

无知的人
先知一次两次敲门
你们怎么不开呢

趁着冬天未到
白日将尽

他的手在
时间之外
按响门铃

霜　降

这天是霜降,在高速路上
有一只喜鹊,正在梳理羽毛
它已渡过关山,还是在眺望
这兵家必夺的雄关古道

在古北口村
有一座杨令公庙
一说是他撞死在李陵碑前
一说他绝食三日被敌人
割下头颅,被辽国人厚葬

他的义,战胜了敌人的残暴
敌人用最高礼节祭祀他

古北口的红叶
越是寒冷,就越是坚贞

霜降预示着
冬天的来临

导游告诉我们
相传九月十三是
老令公的生日
他们将在这里
唱三天大戏

我看到新修缮的
大戏台上
红叶正浓,风烟滚滚

(以上二首选自2020年11月7日"云天社诗家名典"公众号)

清明前后的雨(外一首)

李爱莲

找到最近的路即可到达山顶
根漫过枝条,想远走高飞
丁香拍击着紫色的翅膀准备飞翔
高悬于大地,或许不再因痛苦而颤抖

清明前后的雨
无论来自潮湿还是阴霾
都是哭泣着坠落

(选自 2020 年 4 月 5 日《诗歌周刊》公众号总第 401 期)

童 年

我守着八岁的时光
被三哥拽到凳子上梳头
二哥用热毛巾给我擦脸
四哥帮我穿鞋
大哥大学毕业就要回来了
愉快的空气到处飞扬

拖着长长的辫子
白色的凉鞋开始了一个新的游戏
母亲的呼唤在远处模糊

山很高,路很陡
四哥背不动了,三哥背我
我很饿,爸爸从羊皮袄里掏出了热乎乎的洋芋

剥开自己
梦和回忆被一点点打开
伴随而来的是永远不可追溯的童年

(选自 2020 年 6 月 20 日《诗歌周刊》公众号总第 412 期)

再写这盏灯

吕　游

多年后，还是这盏灯
放上烛台，仅高于地面几十公分
为什么，它还是高成一座山

微弱的烛光，像一粒蚕豆
那么小。当它种进泥土般的黑夜
就长出一大片金色的火焰
穿过地平线，蔓延为黎明的霞光

越来越小，向着生活底处
向着生命的最初，越来越像个婴儿
越来越像一滴泪，连哭泣
都像穿过庙堂，染着荷香的钟声

"除了燃烧，就是燃烧
除了奉献，还是奉献"
当风吹来这句话，像金秋过后
吹来那朵白头的蒲公英
摇曳的灯，为什么忽然抱紧了自己

（选自 2020 年 9 月 2 日"吕游诗界"公众号）

冬 夜

庞　白

五千年过去,山川不复端庄
但,这雪,仍足够严肃
漫天大雪,站成一棵棵树
直挺挺,拦在返乡路上

雪该深埋的,已深埋
而星辰并非深藏之物
只是,直到天色渐明
也没有一颗晨星出现
仍然只有大雪,标示深冬的真相

(选自庞白新浪博客2020年8月20日)

春 分

黄松柏

春雪招摇成雨
温情平分了白天和黑夜
夜雨昼晴,一个季节
一段生命
馨香满了,十里楼台
连着十里春色

春风为花而来,花,为果而开
我为一朵迎春,两只夏荷
远处的底色
内心清爽奔腾,目不暇接

你来自千山万水
我迎接万水千山
从来不信命运会赏赐春华
却断定
苦旅约会万紫千红

与你相邀是我前世的向往
一生不敢爽约,你的美
不断更新我的季节
苍天不老
我也不想老去

(以上二首选自 2020 年 4 月 24 日中国诗歌网)

纸飞机

川　上

好吧
从现在开始
一人叠一架纸飞机
在机翼上
做好标记
或者干脆写上
各自的姓名
好吧
听我说
围成一圈
哦　不
还是站成一排
蹲下　身体尽量
往后仰
把注意力集中到
右手的大拇指和食子上
深吸一口气
对　用力
让这架纸飞机
在划出一段小弧线后
用力地飞出去
——这就是今天下午
我们要做的事

每一张纸都可以
叠成一架纸飞机
每一架纸飞机
都可以往天上飞

（选自 2020 年 4 月 26 日川上新浪博客：川上的博客）

秋去冬至

杨拓夫

山道上别满了松针
我踩在松针上
脚步柔软了许多
心是不能再柔软了

乌桕树的叶子
一半黄、一半红
风中轻颤的音乐
来自枝梢,去向不明

唐朝的小寺
坐成群山一点红豆
森林又窜高了一丈
香火忽暗忽明

阿婆回到唐朝去了
庙也带走了一半
茶水还是热的
青菜又绿了几垄

山道上别满了松针
松针上挂着落叶
一个周末、最耀眼的
是初冬的名片

(选自 2020 年 1 月 20 日 "凤凰诗歌村" 公众号)

夕阳被一只乌鸦追得匆匆落山

髯 子

站在地上，自东向西看去：夕阳
被一只乌鸦追得匆匆落山了——

一粒炭，爱上大火
一根秒针，追求川流不息的大河
一粒尘埃，为黄金柔情蜜意，奋不顾身
天空是辽阔蔚蓝的荧屏，上演
黑白剧情
我是个黑白分明的观众，我的孤独
是黑色的，忧伤
也是黑色的

暮色如雾，一只乌鸦
一直保持着很黑的姿态，在飞
而渐次亮起来的灯火，都流着明亮的泪水

（选自 2020 年 4 月 23 日"诗耳朵"公众号）

思念你的城市

袁雪蕾

一座城市,到另一座城市
正好是十四行诗的距离

你的城市比我的城市略高
思念搭成一级级台阶
你的灯火时亮时暗
亮的时候,我看到你的脸
暗的时候,我听到你的呼吸
我用整个春夜赶路
一匹青草,二两月光
眉间的薄霜留着等你捂暖

你的城市在我的胸口偏左
一直都在起起伏伏

(选自"今日头条"揽月读书头条号2020年9月2日)

摩 擦

龚锦明

我与这个世界
有过剧烈的摩擦。
我接受与我摩擦过的事物。
车轮,铁轨,绳子,棍子
石头与石头,手与手。
摩擦使我发热、生光、生电。
有时,在耳畔生风。
对于我,摩擦到最后
只剩下一种:钢笔,和空气
之间的摩擦。
经过摩擦,我笔下的每一个词
获得自治。

(选自 2020 年 7 月 24 日 "诗家名典" 公众号)

采卷耳菜的女子

赵国明

阳光照着这流淌的时间
菜篮子望着停滞的梦想
起伏的头上插满了白玉兰
纵横泪滴里有一个情郎

卷耳菜一盘盘铲断
就像征夫的凶兆模样
四周的麦苗、油菜花
绽放着恋爱时的迷香

哪料他在垂死的路上
用烈酒呼唤她和家乡
她记得那年站在他撑的船上
看艳黄的荇花挺出波浪

情歌阵阵转出了山寨，
化作夕阳的光带闪亮
此时她忧郁的眼注视远方
两只苍鹰在蓝天徜徉

（选自 2020 年 9 月 23 日现代诗歌网）

含泪的红玫瑰

施 维

山往后疾驰,你递上一个蜜桃。
清香渗透船舱,像被触中心事的涟漪。
我用掌心托起水灵的甜美。

姐姐啊姐姐,你有众口夸赞的容颜,
一声羊羔叫和七匹马的咆哮声,
定格一部传世小说的想象空间。

不如假装仙女下凡,假装不食人间烟火,
假装从不委屈自己,假装有闲人士,
假装从没爱过,假装以后也不会爱。

姐姐啊姐姐,你有不能说的秘密。
序言是甘爽的白兰瓜和滚烫的三泡台,
后记中涂满星辰日月的光芒色彩

不如假装凡夫俗子,假装餐餐鲍参翅肚,
假装杯光斛影,假装觥筹交错间无病呻吟,
假装贵妃般丰满,假装以后也不需瘦身。

不矫情的姐姐,终究不会假装的姐姐啊,
你看,天边有朵鲜艳的红玫瑰,绽放
在青山绿水之中,含泪,只向着你微笑。

(选自 2020 年 8 月 3 日《浮诗绘》公众号)

登宝珠岩

洪文生

在宝珠岩
我反复研磨心事
仰望着光,看天空似床
我预告,明天的正午
有太阳借这岩石,把光
洒在那个人身上

在岩石山里,拾阶而上
我反复打量岩石坚硬的筋骨
唯山上的草儿柔软,如伊人的摇曳

春天的大地和夏日的天空
吹过几多风,落下多少雨
我常常和微风盘坐
也不时和大雨遭遇,互相融入

我想,我在云里步行
肉和骨头,总是有关系的
云下,每一只唧唧鸣唱的鸟
都有可圈可点的瞬间

我又想,或是万物爱我
使我没有变坏,使我超越虚无
人生有如这山的两面,时阴时晴
也像这山下的羊,有黑有白

(选自"水仙花诗刊"公众号2020年3月26日)

邂 逅

刁家乐

远眺,或者近观
栖息在时慢时快的灯火人间
隔空怀想,耳鬓厮磨
信笺,已化作手机的呢喃

瞬间,空降在眼前
想起从前拥抱的缠绵
手和手相牵,心与心重叠
形成生活有力的金钢钻

从哭的本能,到笑的意愿
漫漫人生,有多少精彩的燃点
看彼此眼中闪动的火苗
依然带电,蓬勃中伸向无尽的远

(选自"山柳文苑"公众号 2020 年 11 月 7 日)

中年辞

阮宪铣

人到中年,就像置身在秋天
顿觉太阳迟暮的下落
安静的人开始把每一天都当作盛世
那么美好——
每一天都有黄昏,正午
都有干净清亮的早晨
如在春天,我不断
给新生的植物写诗,给路过的人祝福
说晨光里,小米粥满满一碗
太阳的温暖
天地四时的福报

说珍惜时间和自由,学着
做纯粹良善的人
想念亲人,喜欢花和草木
宽待遇见的人们

如果问为什么慈爱仁厚
我坦承,每次看见那么多
花一样飘落,落英满地
对生命的脆弱,我已没有太多信心
你应该把每一天视作末日来过

(选自中国诗歌网 2020 年 6 月 4 日 "每日好诗")

厨房哲学

彭君昶

瓜要去皮,像抖落异地尘土。
豆要掐头去尾,像遗忘。
鱼要剔鳞,像揭去疮痂。
葱姜蒜要剥离切片,像子夜的回忆。
动物要掏尽内脏,像悬空的心。
酱油醋料酒要滴落,像午后的抽泣。
腊货要出水,像号啕大哭。
山珍要浸泡,像持续的哀伤与思念。
火苗要滚烫呼啸,像寂寞。
锅碗瓢盆要洗净,像劫后余生。

(选自2020年11月28日"送信的人走了"公众号)

风景储物

彭 杰

题记：据《国风·鄘风·柏舟》

黑暗中失神的水声，怎样引动了你？
肉身辗转，试图捕获夜晚催人入眠的力量。
堤岸低声念的姓名，携着星藻向后退却
她也是月落的裙脚，有不时地陷落。

柏舟的不定近似烛火。匮乏遮拦的水域
雾气逡巡中辨听体内枝干的位移。
掌心的潮汐跃过丘壑，借此融化盐粒
那反复的动作将你的触觉一层层归还

一如火焰，披拂着低空的丛林滑翔。
但"人是风景的汇聚，蜗形的梦魇中
急转神智"。她每日照见的镜中
都有着隔岸对峙的奥义，唯存的实体

是他们之间奔流的河水。只心已如席般展开
平行的松枝，每一个尖端都与星辰相连。
多少夜雨下簌簌的湿矩，和星流顺服的音轨
经过肉身辗转。但松枝，那晚松枝听见了什么？

（选自中国诗歌网 2020 年 6 月 3 日"每日好诗"）

远 道

陈 浪

我不知将来的远道
是否布满了鸟鸣和青草
我不知我的肉身
能否高高山上立深深海底行
但我欠我人生三十年行走
如今却在这愁城中羁留
过去多少蹉跎而过去已死
未来多少未知未来可期

而苍茫茫的远道
延伸至海枯石烂天荒地老
途中有寥廓也有逼仄
有晴明也有雨色
而我要夙兴夜寐风餐露宿
朝那个应许地跋涉去
那里应该有一片隐秘的山林
可栖居我倦怠的魂灵

（选自 2020 年 12 月 10 日"浪花物语"公众号）

有谁读过我的诗歌

陈年喜

有谁读过我的诗歌
有谁听见我的饿

人间是一片雪地
我们是其中的落雀
它的白 使我们黑
它的浩盛 使我们落寞

有谁读过我的诗歌
有谁看见一个黄昏 领着一群
奔命的人
在兰州
候车

（选自中国诗歌网 2020 年 7 月 6 日"每日好诗"）

我早就说过我不会轻易死去

崔荣德

我早就说过我不会轻易死去
我还有许多路要走有许多话
要说。在这个春天的早晨
许多小草在为我鼓掌
许多花儿在为我开放
没有一个句子令我满意
没有一首好诗令读者高兴
还有一种植物我叫不出名字
还有一只虫子需要得到
我的帮助
我还得栽种最后一株玉米
或者白菜,我还得在黑板上写下最后一个汉字
我必须存在
我的爱人和孩子就在我的身边
他们清淡的碗里
盛满了对我的真诚
我得找一个活着的理由
春天真好,活着真好
我们没有其他过高要求
在一间破旧的门前对着阳光
写诗,在低矮的屋檐下
喝一口清茶,扮一个鬼脸
让老婆和孩子开开心
生活就这么简单 幸福

我早就说过我不能轻易死去
我还有我的善良我的洁白的
灵魂。那些逝去的枯叶
在我心中飘舞,我始终保持
生命的绿意。即便走过
片片白云,我空灵的心总是
它们赖以生存的精神家园

(选自2020年10月31日作家网)

车轮碾过落花

程　峰

风一吹
木棉树上硕大的花朵们就开始跳舞
它们负责给这单调的山头增添些许颜色
体力不支的
一不留神就从枝头摔下
落在草丛里的花朵是完整的
仅有一点小小失落
而落到水泥路面上的
摔得鼻青脸肿甚至头破血流

最让人不忍直视的是
车轮从它们身上碾过，一遍又一遍
留下满地血浆
就像青山捂不住的伤口

然后太阳晒干落花，风刮走它们
残留的血色印痕
像鞭子抽打在春天的脸上

（选自 2020 年 10 月 27 日"自在诗"公众号）

我们胸腔里的院落

蓝雪花

红瓦檐扣紧骨头里的火,撑一盏灯
为此,我研习所有江湖秘笈
病入膏肓的,还有一份时间战书

和尘世的铁胃口硬碰硬
火星子给爸妈,养炊烟。敷
夜色里的心痛。天地茫茫

吞下铁锈的人,一路溅飞
多少敛了妖气的梅花针——月有坠落之罪
我潜藏乌有之身

在月白里写:妈妈缝衣服,爸爸弹琴
我的孩子顺时针移动草木
小院深深

(选自中国诗歌网2020年8月4日"每日好诗")

仰天山的仰

王竞成

一个和尚躺在松树上,自己幻化一座庙
他看天,看云;看不见自己的凡胎
水看见了他,云看见了他
香客看见了燃烧的香烛
山中一片柔软的草地,躺一会儿
仰望天的远
草根的泥土就在手抚摸的心跳
山仰躺了几千年
离去的一条条溪流
站立的雨一滴滴从山仰望的地方回来

（选自 2020 年 9 月 4 日 "诗界观察" 公众号）

高空玻璃栈道

过德文

提心吊胆
我假装昂首挺胸
悬在高空的心
颤颤惊惊

扭曲的双脚
前进一步是恐惧
后退一步也是

把虚空踩在脚下
把真实举过头顶
这不是我害怕的理由
害怕的是
高空中,透明的世界
在欺骗我的眼睛

(选自2020年9月13日中国诗歌网)

七小时时差

李迎春

从北京到拉各斯
七小时时差是你我之间的距离

清晨的梦魇惊飞沉沉的睡意
在我软弱的刹那,你不在身边
拉各斯的深夜困意侵扰
晚安,好梦!我的爱人

白日的喧嚣渐渐浓重
午后三点的烈日追打我疲惫的身影
港口四十二度的热浪袭来
异国早晨八点的时光天气是否凉爽

夜色迷离,相思漫上心扉
在需要你的时候,我独自面对
我教郁金香温婉也教她勇敢
为的是在她身上留下你的影子

离别是为了让人懂得珍惜相聚
我们用忍耐、等待错过了四季花
人生又有几季花开可以用来错过

时差不是地狱,是炼狱
我用微笑,安慰遥远的你

(选自 2020 年 12 月 6 日中国诗歌网)

宛如玉

李丽红

我有个朋友叫宛如玉
和她相处
却从没提及过玉

宛如玉　宛如玉
她总是这样
被人叫得亮闪闪的

不施粉黛
颜色如朝霞映雪
她就是玉　活色生香

（选自2020年5月23日"抵达"公众号）

四辑 诗林撷英

灯下黑

梁尔源

一直在尾随我
玷污我那阳光下的素颜
无形的手将沉默攥得老长
风无法卷走一个傀儡

月亮下,情逃离了影子
太阳出来时
光绑架了所有的影子
手术台上,灯光赶走了影子
聚光灯只能捕捉一个影子
探照灯的强光柱下
躲藏着许多影子

是谁让影子在膨胀
又是什么让影子繁衍出影子
一生都想甩掉影子
因为,灵魂忌讳影子

(选自《西部》2020年第3期)

出　发

陈人杰

一

雅鲁藏布
从泪水分泌而下

但雅鲁藏布只有一条
泪水却有两行

纵然雅鲁藏布在泪水里断流
也不是通往你的河流
纵然辨认让生活过于真实
思念的磷光多么迷人

二

一路上
我已没有泪水用来哭泣

哦，儿子
就借用你的泪哭

或者让雅鲁藏布倒回雪山
你取代眼眶

三

大道苍凉

浪花曲折
我的儿
我今天要抵达大海

旅途恍惚
血脉绵长
我的儿
遥远的孤星取消了边界
印度洋太平洋皆在我心中

　　　　　　　　　　（选自《人民文学》2020年第7期）

报更星

杨柏榕

早晨的东海上,
有一颗明亮的启明星,
比太阳还早起,
用第一束亮光宣告黎明。

黄昏的西山上,
有一颗明亮的长庚星。
比太阳还晚落,
在夜色前留下最后的光明。

早晚的天边上,
都有一颗报更星,
早晨叫醒人们去劳动,
黄昏告诉人们休息。

启明,长庚,
年复一年,不怕暑冬。
为人们守时报更。

(选自 2020 年 10 月 18 日《工人日报》)

驼背伯

唐　娟

菜地里,驼背伯正弯腰刨土
背后驮着一辈子也没走出的大山

妻子去世那年,先抓到短阄的
女儿,辍学担起了母亲的活计

念完大学的儿子,在外地成了家
娶媳妇那天,驼背伯和女儿掏光所有家当
卖了最后值钱的老黄牛

女儿出嫁前夜,趴在母亲坟头哭得撕心裂肺
泪水里有不舍和甘愿抓短阄的秘密

夜来的时候,驼背伯最不孤单
他不停地与影子和墙上的老伴说话
聊得最多的,依旧是两根短阄与照片上
素未谋面的孙子

(选自《稻香湖》2020年第3期)

小草和我清谈

周占林

也只有在花山
我才能静下心来
坐在阳光的明媚之上
听小草和我来一场
与"学"有关的清谈

不必考究物种的不同
在这里只讲博学与缜密
跳动的词语
就像山溪里的石头
秩序井然且充满哲理

我是一个合格的听众
把清谈的身份剥离
其实这也是一种磨炼
回头,寒窟泉水突然顿悟

(选自《中国诗人》2020年第3期)

在秭归,访问一片橙林

邱振刚

晨雾中,我曾许诺你以群山
当黄金流淌过山间
尽情燃烧吧　山神们
眼中谜一般的火焰
桃叶橙之叶,修长如心
蜡封着余温
从掌心到指间

远古的圣者,登高望远
能破解国与国的征战
可曾解开　这山上的雾与
天上的云,
亘古未消的纠缠

快些回到照面井吧
把故事藏在鬓间
再随时间刻入链子崖深处
潜入《橘颂》　在吟唱中流传

月光下,我曾许诺你以流年
长街空旷,楼形晦暗
树影婆娑着你数遍呢喃
夜风骤起,吹动足音凌乱
窗棂满街,封闭起人间烟火千年

船尖犁开水面
涟漪掩映着梦境幽远
千层浩渺　每一道水纹
都是你的泪水滴落于云端

我唯有隐藏入那株江岸边的橘树
期待你从江面掠起，化作山雾，
在峡影中展现你的容颜
一瞬间，一千年

　　　　　　（选自 2020 年 12 月 2 日《三峡晚报》）

非常小的事情由蚯蚓来做

卢 辉

非常小的事情由蚯蚓来做
非常暗的路由蚯蚓来走。想回家,说给蚯蚓听
没脚没骨,没拐杖

蚯蚓的路,比针眼宽,比树根长
云雾难得一见
兄弟
四通八达

剩下是地里的事,锄头的事
老农的事
地要刨多深,苗就怎么长,蚯蚓都知道
一整个夏天,蚯蚓待在地底下
不怕鬼敲门

(选自《滇池》2020年第10期)

云　端

陈海强

一条离开河流的鱼
生出通往天空的翅膀
就像一个人聆听
来自云端的召唤

把黄河臂弯的银川
留给记忆之城
引领草原上的秋天
进入西风吹彻的长卷

归去来兮
远眺岁月的狼烟
关上武器的保险
沿着一条云端的归途
回到北方以北

当太阳重新升起
安妥一颗漂泊之心
再次成为
你所熟悉的诗人

（选自《诗歌月刊》2020年第4期）

泡 茶

田 斌

他从装饰精美的小罐中
抓出一小撮浓缩的春天,置入
晶莹剔透的玻璃杯中
打开的开水瓶,口若悬河
飞流直下,轻雾漫涌
杯中沉浮的茶,心旌摇晃
在泡茶人的眼中,映现出
茶山,流岚,山花,采茶姑娘
以及那曲萦绕心际和山间的茶歌
他啜饮一口茶
像啜饮一张樱桃小口
馨香直入心底
这么多年,那准时来自山乡的新茶
维系着他们纯朴而深沉的爱
温润地,从未间断

(选自《现代青年》2020年第7期)

清 澈

祝相宽

后洼村西一条河
名曰黑龙港
黑龙不知游往何处
只留下一河清澈
随风荡漾

清澈,不是形容词
清澈,是一面镜子
照过过往的烟云
照着两岸的庄稼
黄了又绿绿了又黄

河水,清澈见底
不需要太多的想象
野鸭来了放心地游
风雨来了起波浪

今日,好风可人
我站在乾龙桥上
恰好碰见一行青春的苇子
水没脚踝,洗濯,梳妆

(选自《诗选刊》2020年第12期)

铜铃山云雾

柳 歌

来去都在飘忽之间。是走下眉头
还是走上心头,全看心情
这样的情景,也许只有你曾经的青春
走进一位妙龄少女的内心
可以形容

从山谷深处,上升到山腰之际
恰好是你从她的眼睛
走进她的内心的距离。所需的时间
也许是刹那之间,也许要
历经千年

已经是暮春了,峡谷中的花儿
依然在等。映山红一簇簇的盛开着
仿佛是她的两颊,出现了几朵
成熟的红晕。间或有一两树的桐花
在路口,指点迷津

在铜铃山,我成了最有缘的人
刚欲离开峡谷,却陷入了她
一个留恋的眼神:大片的云雾从山中
缓缓升起,弥漫了整个山坡
恍若是初见时的模样,朦胧而黏人

(选自《诗探索》2020年第1辑)

在安邦河

王明远

又是五月
又是这青草漫坡的时候
在安邦河旁
在南林西下沿的高坡上
我又一次和弟弟
拿起锹挖坑植树

这树的旁边躺着我的爸爸妈妈
还有我的爷爷奶奶
他们和我们一样
都曾是这村里的公民

他们都已经去了多年了
我们已经无法再联系沟通
可我相信
这些树会长出我们的心思
也能长出他们的心思

爷爷奶奶去的时候
南林还真的有一片大林子
等爸爸妈妈去的时候
林子已没了多年

爸爸妈妈去的时候

安邦河的水要漫过二道坝
今天我来栽树的时候
穿鞋走过河床

在西下沿的高坡上
他们的坟头从未矮过
像这些树的心思 一直注视着
注视着村里或村外的 一些什么

（选自《诗潮》2020年6月号）

祁连山的云

赵兴高

那是一群离开了自己身体的马
驰骋在山巅
却望不到曾经的烽烟
有一座雪山,有一坡青草
有一个牧马人的后裔
用芨芨草编制着山丹马
我迟疑着,该不该借用他手中的马
去追赶已然远去的战争

当我迈向你时
却看见你的大手
抹去了盘旋在空中的鹰
抹去了雪峰
抹去了牧羊的卓玛
泉水般的歌声
踩着草尖漫过来的云啊
会不会把我也抹去

坐在空中
你用雨的嗓音念诵着
草儿青青,草儿青青
雨的种子,长出草的根

牧马人是见证者

啃食过夜草的马
踏碎过晨霜的月
踏碎过残夜的星

它们不懂得死亡
它们的眼里,只有刀光
和剑影

我认定,你来自遥远的时代
若不然,怎会有着狼烟的表情
此刻,我看见
你绕过山峰走了
你踩着山尖走了
云啊,能不能为我打开月亮的窗
我想看看,那匹踏着飞燕的天马
是如何喷着响鼻
从两千多年的时光里
向我奔驰而来

我想看看,你挽起发髻
走下山的样子
想看看,你走进花田
戴着彩虹的大耳环
舒卷着女性丰满曲线的样子

如果雪山转过身来
是匈奴的单于,还是吐蕃的王
如果月亮揭掉云的面纱
是阏氏、王妃,还是我的卓玛

我看见——
山，揽云入怀
云，伸出柔软的臂弯
我还看见，调皮的云
从身后罩住了雪山的眼

我什么也看不见了
云的手啊，也罩住了我的眼

（选自《绿风》2020 年第 4 期）

那个坐在北风中的人是我父亲

段新强

那个佝偻着身体,像一块黄土被风从地缝里
吹出来的人是我父亲
那个像一块石头,死死压着田角,生怕一地薄薄的希望
被风刮走的人是我父亲
那个已记不清多少次了,风一来,就把十指深深
抠进土里,化身为一棵茅草的人,是我父亲
那个风一来,就温顺地让风揪着花白的头发用力撕扯的人
是我父亲
他好像一辈子就为了等那一场场北风,好像没有他
那些风中高高的嘶吼,低低的哭泣,还有长长的叹息,就无处
安放
好像没有他,那些风中大块的雷霆,尖利的刀枪,还有凶恶的
逼问
就无人承当
而风一吹,他就只能伸直了脖子用力咳,用整个瘦小苍老的身
体咳,仿佛胸中
也憋满了什么东西想要追风而去,想要吐给这个世界
他那张从不愿低下的老脸也被风吹得一次比一次黑,一次比一
次模糊
只有闪烁在眼眶里的两粒微小却清晰的阳光,让我认得出那是
我的父亲

(选自《绿洲》2020 年第 3 期)

雪绒花

冷克明

世上的许多事物
比如雪绒花,有一个雪的名字
却开在夏天
也许是这世界太热了
它要为之洒下几滴清凉
我想它小小的心脏
一定藏着一个芬芳的大海

内心舒坦
山顶也是辽阔的
起伏的山峦
远比尘世来得安稳
于是它选择在这里扎根
而且让漂泊的风一并安顿下来
面对炽热的阳光
心中始终安详

在小五台山
我没有觅到神的踪迹
有幸邂逅数朵雪绒花
这小小的寂寞的花
用它洁白的光
照亮了我的来路与归程

(选自《江南诗》2020年第2期)

与汗水同行

周苍林

水流的速度越缓慢
水就越清亮
水从上游流向下游的时间
要是和我沿着河道行走的时间相同
清澈的河水里
一定有一些血型相同的汗水
在与我同行
它们随时都可以在水中会合
又回到我身上

(选自《延安文学》2020年第4期)

钟表匠

唐朝白云

那个瞬间把一块钟表
拆解成锤子、剪刀、布的人
又掏出钥匙打开了店面
一缕阳光抢先半步挤进了小店

那个一袋烟工夫把一堆零件
组装成一座城池或一个王朝的人
又锁上了店门
满街白花花的月光被关在门外

今生,我
拥有一大堆五光十色的时间
唯独缺少一块钟表

(选自《草堂》2020 年第 11 期)

奇 迹

吴警兵

夜幕降临,万物隐去它本来面目
漆黑如一片空白

风从无名处吹来,试图弥补什么
被阻挡的部分直戳内心

天籁,忽略一切寂静
黑暗里的事物无懈可击

举起的双手,咒语般存在
我们只是一个据点

常被夜晚利用,并深陷其中
快感的毒,人们趋之若鹜

习惯是另一种死亡
赶在解救自己的路上

(选自《十月》2020年第6期)

祝　福

胡理勇

祝福，在光明里行走的人们
他们少有的从容
从容的步态，从容的身段，从容的心情
好像是凌乱过后的优雅
历经劫难之后的一种沉静

从容，真的十分重要
泰山崩于前，脸不改色
屠刀架在脖子上，眼睛不眨
更重要的，当幸福突然像神一样降临
不能在幸福中溺毙

渴望幸福，一代一代地追寻
就像干旱，翘首云霓
就像身陷敌阵，盼望王师
就像一个溺水的人，希望得到一根稻草
几千年的苦难，像石头，搬不完

祝福，在光明里行走的人们
黑暗，像铁镬，被击得粉碎
道路平坦，找到了方向
风，自由自在地吹着，不带刀子
太阳高悬天空，发着令人眩目的光辉

（选自《青年文学》2020年第4期）

潮涌东海,自在舟马

严敬华

从城市血管里开辟出一条河流
跳跃的鱼群,步伐跌宕起伏

这是风的另一种表达方式,类似宗教
朝圣者无人能说清,却又如此默契

踩着均匀配速,替自己找回内心的火焰
退潮时,虚假的骨头关在门外

何须为雪白头,回眸一瞥——
总会遇见青春的自己

这个冬天到来年的秋天,格外漫长
于是,我们归马。在华山之阳藏下余光

当身体破旧的时候,我们就用它点燃
形骸里的血液。相互取暖

(选自《诗歌月刊》2020年第2期)

白云的脚步声

朱建业

它一定藏在一个不为人知的角落
在天空赶路,怎会如此沉寂
柔软的事物更懂风的温存
累了,就流下眼泪
滋润低处的生灵
痛了,就放下一架梯子
让万物爬向上苍

它,与巫山两不相欠
它,与我的世界一样
人间并不存在——
要么是地狱
要么是天堂

(选自《浙江诗人》2020年第1期)

一杯咖啡的时光越来越少

郭宗忠

一杯咖啡的时光越来越少
这是我关心的事情
许多日子稍纵即逝
忘记了一杯咖啡
在悠长的轻音乐中徘徊

画卷里的风景
要跟随大师的步履
你何时能学会安心观察
在一座山中的生活
除了石头,云雾,就是流水

鸡叫从天还不亮到黄昏
等待一杯茶炊
烟雾缭绕的木柴又烧成了灰烬
为爱过的岁月添加回忆
时光流逝,这一生乘兴归去来兮

(选自《中国诗人》2020年第6期)

速 写

刘克祥

秋天的风
像黑暗中的马匹
如此忧郁

水漫过头顶
比风安静的是石头
比石头安静的是岁月

眼睛的漩涡
总能看见你清奇的骨骼
像秋天的树

没有翅膀也要飞翔
天空触手可及
云朵是浪花的影子
——易逝

(选自《海子诗刊》2020年第3期)

行将成为光明的核

卢子璋

此刻,立在这黑色里
夜的黑,涂满我的肌肤
让我和我的灵魂都淹没于黑色

这无边的黑袭来
让我成为这黑色的核

我搭弓射箭
箭飞不出这无边的黑
箭在这黑里凝固
像黑色肌肤中一根深陷的刺
或者说,这箭也成为夜的黑,融化为
黑色的夜

我听不到蜂鸣
听不到铁器交碰
而那马蹄声,却"嘚嘚"
像极了虎的吼啸
它最好像道闪电,把森林上空划破
把这深陷夜色的森林,点燃

于是,就真的有了闪电
闪电的光,把大森林变成了太阳
在它燃烧的中心,一只斑斓的虎

正怒吼出更强劲的雄风
让这火冲向更广阔的夜空
追赶夜的黑
也让那支箭,呼啸着前行
成为红的火,炽的焰

无边的辽阔,辽阔的白天
我与这火焰一起舞蹈
我行将成为光明的核

(选自《奔流》2020 年第 11 期)

忏 悔

马晓康

为了完成重生的谱曲
他必将经历一段悲壮调的混乱
谁不渴望成为一粒无忧无虑的露珠呢?
只是,在迷途的行进中
曾经同样沦落的人渐渐不知去处
偶尔还能听到天真的笑声与苍老的叮嘱
这段重生的乐声并不期待人们的注目
已死去的朋友将永远死去
那些复活的文字,只是一段苍白、羞愧的忏悔

(选自《诗歌月刊》2020年第7期)

问　题

杨　荟

六岁的女儿问
妈妈　如果你生的不是我
我会在哪里
穿谁的衣裳
我的银镯子又戴在谁的手上
——乌鸦般滑翔的目光
停在黄昏的屋顶

孩子　我也想知道
如果你外婆生的不是我
我替谁死亡
谁又替我活在这个世上

（选自《人民文学》2020 年第 12 期）

所　谓

杨章池

所谓春水，不过是一条河重返人间
所谓我们，不过是一群人重新醒来
所谓乡音，不过是冬天藏好的粮食刚刚
发酵，就被一声古琴挑走了魂。
所谓反串，不过是男扮女妆的人用水袖
分开一条大河时，找回了自己的呼吸
所谓变脸，不过是张牙舞爪的人一层层翻出
曹操，张飞，程咬金，最后揭剩
一声叹息
所谓合唱，不过是一群桃花拥挤时
发出的每个音节都比课堂上响亮
所谓桃花，不过是我依次打开了
自己的耳朵，眼睛，心。

（选自《鸭绿江·华夏诗歌》2020年第11期）

不再与生活互有敌意

三色堇

整个下午我都在一张纸上旅行
一些记忆,歇斯底里的欲望
偶尔对人生的迟疑
以及那些云里雾里的词语
经不起任何的风吹草动

我担心自己的沮丧会突然
将纸张戳破,我无法阻止风暴的迅疾
就像无法阻止来自远方的执念
没人注意我的忧虑和隔着一扇窗的阳光
也许,我会烧毁所有的记忆

我会因为心疼雨中的蝴蝶而落泪
即使花园荒草萋萋,即使到了耄耋之年
我依然试着让炉火挤走黑暗
我将不再与生活互有敌意

(选自《草原》2020 年第 3 期)

打 铁

绿 岛

那一年绿岛和师傅学打铁

打铁的铁
就是把日子烧的通红
一锤一道痕迹　一锤一个伤口
那飞溅的流星是多棱的梦吗
在肉体中穿行

师傅说，打铁就是在打自己
我喜欢打铁的声音
像太阳的光芒
覆盖我们朴实的生命
大漠　河流　黄昏以及即将淬火的诗歌

师傅说，打铁就是锻打历史的骨头

嵇康很专注
一生都是那个样子
他在谯国打铁
那个像生铁一样孤傲的汉子
竟然把三国的尾巴
打进一首歌谣
从此人世间再无广陵散

师傅说，打铁可以打出人命

（选自《神州乡土诗人》2020第4期）

往 事

绿袖子

梅花腔。梅派。梅园……梅表姐
哪一种梅不是围城
不是好生生的情

被旧元素微醺,侵染过的腔调
唱起来也轻言细语
也十分婉约
唱词软绵绵,多属江南调性

我选择在梅的往事中
和你一起听曲,喝茶,嗑瓜子
偶尔小酌一盏……也谈私奔

一定得是那个年代的风格……
就好比司马相如的一曲《凤求凰》
引一首《白头吟》那般千古绝唱

(选自《青年作家》2020 年第 6 期)

还不晚

康雄虎

命运是个小孩儿
她喜欢看着有情人在世上相互躲藏
相互寻找

她让我们一次次出现在同一个地方
同一个黄昏　同一个夜晚
同一条小路　同一条街道

她让风吹出了我的泪
转身再去迷住你的眼
她看着我们一次次擦肩而过
站在一旁掩嘴而笑

她太顽皮了
玩得太久太累了
幸亏还不太晚
她睡着了

窗外，细雨绵绵
窗内，炉火温暖
来，宝宝
还不晚，让我抱抱你……

（选自《运河》2020年第4期）

北方的海

解

　垒起的土堆,像高高在上的台
台上凉亭偏离中央的石桌、石凳
台上迎客树松高泉清

乌鸦让白昼分裂
渤海湾湿地错怪了它
黑夜像碎片纷纷掉落

鸟儿不见了,打渔船没归了
缺口莫名其妙消失了
观鸟的人群兽散了

我们走累了

（选自《鸭绿江·华夏诗歌》2020 年第 3 期）

乐山大佛

丁少国

绝世刀工,刻一座山
不属于你的,都让他们成吨成吨地凿掉
至于细微的纠葛,一两一钱地剔去
舍,硬是花费了九十年

因此,山成佛
眼前三江交汇,千年光阴浩荡奔流
挟持船,木楫左一下,右一下
哎唷哎唷生疼

用四十年来沉思
盘腿,或者采用双脚自然垂地的坐姿
后一种方案独具优势

目不转睛,你的凝视,在有人落水时
想简洁明快地抬脚,一个箭步
施以慈悲的手

(选自《上海诗人》2020年第5期)

蝴　蝶

陈波来

闷浊人世，谁愿意辜负
绚烂又轻盈的飞翔

如果幻化，我不会是孤独的那一只
是呼啦啦一群，拽着灵魂挣脱肉身

有多少念想就有多少蝴蝶，我
是用身体埋葬蝴蝶的那个人

越来越驾轻就熟，谁不知道绚烂
是一种既爱又惮的重，重过飞翔本身

但任它翩翩来去，人世非地狱
花间亦非天堂。一点肉身再轻也要落地

是了，我正好褪下
残存的薄翼和香息

（选自《绿风》2020 年第 2 期）

鸟 岛

李建军

打开岛,像撞上一块磁铁
多少白鹭与海鸥围绕着它飞
雪白的身,橙黄的喙,浅红的腿
每只白鹭都在礁石上戳一枚印章
海鸥的翅膀像瀑布的颜色
与起伏的大海一起呼吸
鸟的舰队轰鸣出征
岛是归巢,岛是港湾
鸟是一支奇异的画笔
一笔取走岛的意境,岛的灵魂
万千鸥鹭齐飞,夕阳的手指
翻阅岛的一册册书页

(选自《天津诗人》2020年第12期)

塔加村

马文秀

传说中那块从西藏
托运而来的石头
傲然挺立,以将军的职责
驻守塔加村
将喜怒哀乐一一记述
甚至具体到父辈迁徙时身上
所携带土壤的颜色
以及坐骑的品种

它与我对视的瞬间
目光中的语言
时刻准备夺眶而出
关于村庄的史诗
除了仅存的史料外
它们有太多的悄悄话要跟我讲
彻夜长谈都不足为奇

挨家挨户的老物件
闻讯赶来
争先恐后交代着各自的身世
只为后辈在我笔墨纵横处
寻找到祖先的遗迹
功过与是非
都是血液里真实的踪迹

而忘记过去
却是背叛的开始

没有家族的记忆是可耻的
这种耻辱——难以启齿
将伴随终身

（选自《中国作家》2020年第4期）

喜欢你

项见闻

喜欢你,便是喜欢上了
这苍茫的人世

你说,"做一个热爱生活的人"
那一刻,我便决心找回丢失的自己

我开始喜欢天空下的辽阔
喜欢蓝天底下的白云
喜欢脚下无尽的长路,和看不清的前程

我决心用自己有限的生命
去挑战无限的可能

喜欢你,我还喜欢上了
听那种沧桑,而又不屈的歌声

(选自《长安》2020年第3期)

台风临近

浪行天下

在那渐渐聚拢的云团中,我肯定
是抢先跳下去的,那一滴

乌云压城,松果敲地
这苍茫的东海,好比一座寺院
香烟袅袅,木鱼声声
古城的墙垛,是已凝固的浪花

细听涛声,我有被遗弃之感
登上城墙远望,却顿生喧嚣之心
人到中年,好比时令到秋分
有许多诡异的天象、奇怪的感触——

独处时,周围都是圣人的眼睛
明明那是浪打危礁,为什么
我看到的,却是泪流满面的你?

那渐渐聚拢的云团,让天色
越来越暗。人到中年
需要一场暴雨,才能让天空恢复亮色
我相信:那些阳光灿烂的人们
都曾经,在独处的深夜里痛哭过……

(选自《中国诗人》2020年第4期)

冬天，路过你的庄园

木　木

路边的野花，在春天迷了你的眼睛
五月，油菜花还金黄着
睡莲，迎着朝阳开放
还有连绵不绝的小梯田
曾经以为它会一直绵延到远方
今生今世没有尽头
直到路边的桫椤与她的影子相厌
如今。冬天。早晚有雾霭升起
远方时断时续

庄园里还有小溪流水。有花径
蓬门。秋风可曾日日清扫
并蒂花开在庭院小窗上
停在花蕊上的蝴蝶
吐露着春天的千万般恩宠

这些定格在照片上的娇艳明媚
百日草、半枝莲……都只是春播花卉
春天种下，大雪来时枯亡
亲爱的，我们做那多年生的萱草
可以忘忧！可以一次次重来

（选自《延河》2020 年第 1 期）

大雪如约而至

陈树照

每一次,你都是如约而至
先是细小的羽翼,轻盈的脚步
在空中,漫不经心地飘舞
随后纷纷扬扬,似千军万马
一夜醒来,落满屋顶
在广场树林,在山野旷外
圣洁的白花,美得让人落泪
盛大的葬礼,让河流集体失语
让乌鸦变得更黑
一壶老酒,一杯绿茶
一场大雪就席卷了人间
似乎专程为我而来
几十年从未改变

(选自上海《子闻诗刊》2020年6月创刊号)

亲爱的蚂蚁

乐 冰

对不起啊，亲爱的蚂蚁
过去，我年轻气盛
总是趾高气昂地走路
可能踩伤过你的胳膊和大腿

对不起啊，亲爱的蚂蚁
想想我被别人踩是多么痛苦
我就忏悔

从明天起，我要低头走路
为你让开一条道路

（选自《黄河》2020年3月出版的"诗歌专号"）

望峰岗

龚后雨

这个破败衰落的小镇
被煤尘裹挟,整日
蓬头垢面
就像一位酗酒的年迈的父亲

父亲也曾年轻,在地下
他是孔武有力的掘进工
那些乌亮的煤块,浸润着
他的汗水。而燃烧的时候
我们只能看见火焰

望峰岗,曾经那么强壮
多少男人深入过它的胸腔
激情,力量,交织的爱与恨
如果你曾经匍匐在望峰岗这片土地
一定能听见男人的心跳
骨头与煤块的撞击,铿锵作响

现在,我再次来到望峰岗
我的父亲,已化作一颗煤粒
融入这片飞扬的尘土
他已不需要为全家的生计挣扎
但我相信,他的灵魂
依然会在这里游荡

安徽淮南,一座煤城的西部
望峰岗的营养已被吮干
一堆一堆垃圾无人清理
破旧的塑料袋随风漂泊,找不到
归宿和方向

路途遥遥,我每年都要来到望峰岗
这座被遗弃的小镇
沿着跃进门,走到卫生院
再到矿工俱乐部,就在矿北西村
住着我的白发老娘

（选自《中国诗人》2020年第3期）

酿 春

樊文举

爹捧了一捧种子,贴在胸口
用心跳温暖所有的期盼
娘把日子摁进泥土
冰雪中,以心血与汗水慢熬
天色黑了又亮,亮了又黑

雪融了,冰化了,土层解冻了
一粒种子正在地下生根发芽
吮吸着血与汗水破土
一枚绿芽随风而歌
成群的蜂蝶沿一路的芬芳欢舞

爹醉了,娘醉了
山川醉了,天地醉了
日子醉了,季节醉了,岁月醉了
爹挽起新娘般的娘
在田埂上追赶一家人的希望

(选自 2020 年 5 月 27 日《大飞机报》)

人间高枝被鸟占着

徐 庶

高枝不只一枝
譬如笔锋的转承、勾挑
像蚕头燕尾多翘出那一尾

譬如
发芽的青春

我们在书声中爬得再高
也不如一只
歇脚在山巅的鸟

人间高枝
都被鸟儿占着

我们彼此劝慰
视线不能守护的地方
有鸟儿替我们看守

(选自《诗刊》2020年5月号下半月刊)

成为母亲

叶燕兰

把小衣服、小袜子、小玩偶再整理一遍
像临睡前从夜空取下
那些发光体,月亮、星星、虫火
和神秘的眼睛……

把身体的草木重新搬出来
放在阳光下,置换新鲜空气
并修剪,可能弄疼你的部分……

为了你的到来,我比小时迎接神明
更虔诚,但你的外婆还是告诉我
虽然她也做好了准备
却并不是一生下我,就变成人们口中的母亲

(选自《草原》2020年第3期)

婚姻之城

瓦楞草

在那个无法飞离之地
因为守约
我付出的代价是每天站在城池吊桥上
看过路的单身鸟
飞向视线望不到的尽头
我羡慕它们自由
猜测它们看到的世界
比我看到的广阔
有时,也发现它们羽翼残破
疲惫停下时牢骚满腹
有时,它们满怀激情上路并向我招手
我心动
但始终没和它们一起飞

(选自《风》诗刊 2020 年卷)

福 分

米 戛

露珠被母亲带回家
水藏云里
穿行在赶往梯田的路上
泡秧粒,在土掌房,时间正当时

围坐在火塘边的寨人
染黄饭,染红蛋
要敬献蜜蜂,敬献布谷鸟,敬献天地万物

寨子边的木姜子林里
龙飞雀上下奔忙
芭蕉林里游荡的刺猪撞着招魂的人群

栽秧山歌占领田野
秧苗追逐时令,你追逐秋收

等一等,学会跟植物,握手
等一等,学会与万物,相处
寨神,把好运放进我们的手心

(选自《安徽诗人》2020年第4期)

夏日断章

子非花

呀，摇曳的一支光影！
夏日柔软的舞蹈
我在倾听

月亮升起
如一个断崖
手指触碰到的时间之膜
突然断电

夜色中
树木绷紧肌肉
等待来自春天的旧事物——
一只飞翔的白鸽

阳光盛入黄金的碗中
空中挂满颤抖的眼泪
阴影吐出长长的舌头
并逐一金属般炸裂

洞察之夜，树在跳跃
海南海南，你是我所有的船！

一幅远景，缓缓展开在我们之外
我们所不知道的事情正在流逝
万物正在返回它们的光影！

（选自《奔流》2020年第11期）

一年中最好的时候

唐益红

我想说的是,在一年中最好的时候
要与阳光下的这些芬芳相遇
你看,连植物都与我们一样
身体里盛满了多汁的甘甜
南风簌簌,就像我们现在的眼神
柔和,以及从未有过的宁静
最后一朵茸菌会在浓荫下成熟
有人会从近处往远处去
长夜开始短了,春末夏初
所有的花集体松了一口气
热切地等待着最后时刻的来临
其实我想说的是,对于结果来说
这可能是一生中最好的时候
也可能是最坏的时候
不到最后,谁也不知道
谁的枝是盲枝,谁的果是盲果

(选自2020年1月20日《中国艺术报》)

竹岭写意

唐宝洪

融于青山，放歌绿水
古朴而簇新的村舍
不分昼夜，从春到冬
慢慢梳洗一幅写意的水彩

竹林深处的人家
天生的丽质与禀赋
醇厚的乡愁，如同
地道的家酿米酒

溪流如丰润的唇
深吻田园的翡翠
溪鱼如纤巧的织女
孜孜不倦，编织精巧的刺绣

竹岭的竹子是幸福的
蓝天邀请五彩斑斓的鸟儿
激活村庄的脉搏和山野的节奏
我们的好日子蓬勃生长
一如家乡溪畔葳蕤的果蔬

（选自《教师报》2020年12月2日"文苑"版）

银杏树下

方 筏

初冬的风吹过来
你在银杏树下
给她的灿烂不止一瞬

任落叶打在脸上
忘不了与她的拥抱
是饱满的,也是单一的

如今步履匆匆
把痛苦踩在脚底
把她从记忆里抹去

一对花翅雀,泪流满面
像初春,携着霞光在飞

(选自《乌江》2020 年第 6 期)

平 静

胡翠南

凝视湖面时眼神平静
四肢敞开在草地看天空时肉体平静
饮茶时血液平静
雨天打伞,伞下那方寸之间平静
今晚父亲再次来到梦境
就连颤抖也是平静的
他告诉我,唯有平静是世间良药
唯有平静的泪水可以清澈见底

(选自《台海文学》2020年第5期)

五辑 诗海珠贝

纽扣后面的风景

峭 岩

是谁撤走了心脏上那片苦难的海
是谁驱散了肺叶上那块灰暗的云
有一缕阳光驻在胸膛里
有一股爽风荡漾在肋骨的缝隙里
这就是纽扣后面的风景
纽扣后面的世界才是我们的世界
这里有森林吐纳的氧气图像
这里有阳光的慈善的笑容
这里有鸟儿歌唱悠扬的翅膀
这里有无数条舒畅的血管纵横
有一个叫"改革"的先生
打造这片土地四十个年轮
这是我的胸透照片
十三亿人都有的健康证
眼下他正医治"脱贫"这块阴影

（选自2020年1月20日《中国艺术报》）

对 接

第广龙

秦岭余脉，龙门当头
两支巨大的山系在此地首尾相遇
有过撞击和扭打吗
还看得出强行的介入
造成的外伤和内伤
看得出一次又一次力量的释放
带来的摇晃和跌落
最近的一次发生不久
四周的大地被翻检了一遍
那些留在心口上的裂纹
再也无法复原
我隔岸远望
石头的断层挤压在一起叠加在一起
似乎安静下来了
明月峡的诗意太过浓烈
高出了云天
那些落魄的虎豹　也停顿成悬空的巨石
危崖之下
嘉陵江放宽身子　走得不急不慢

（选自《扬子江》2020 年第 1 期）

扁豆花

杨绣丽

扁豆花,在初夏的五月
漫漫沉入明亮的寂静

风擦着花瓣的舞步
攀缘竹枝的藤架
细柔的腰肢　白色轻盈

彩蝶以清凉的薄翅
覆盖扁豆花绿色的阴影
像一本翻开又合拢的书页
细小的字体
在阳光下,炫目晶莹

穿越午后
明亮的寂静
扁豆花　漫漫沉入
田野的梦境

(选自《上海文学》2020年第11期)

蜜 汁

李 云

花蕊的心思只有一根针才能
戳破　惊天秘密在黏稠的河床流动
琥珀生成的模样

千万只花魂飞舞的心跳
最后沉淀为童年眸子里天真无邪之色

多少次金翅振响催萌了季节的艳梦
金子打造的殿堂和金丝纺就的光线
从一朵花到另一朵花谁驭动一座金山在飞

花季里的花事过敏了多少人的目光
养蜂人是被花下了蛊的人

我只守着一勺黄金
不语　听窗玻璃被嗡嗡嗡地撞响
一次二次三次……

（选自《诗刊》2020年7月号上半月刊）

暗示的距离

张予佳

河南腹地　我的祖籍
血脉贲张的起源
基因纠缠的谱系

如果从未远行
故乡将毫无意义
轻抚游魂的锁骨
披上昔日的襄衣
一段棕草隐藏余温
一颗襻扣映射泪光

尘埃覆没光线
终将衍射于光年之外
掌纹指路　艰难地暗示着
我与故乡的距离

（选自《诗刊》2020年2月号下半月刊）

这半世

单永珍

这半世,辽阔如墨,写不尽
普天下的苍生和一个人的细节
所谓神秘,不过是
那些不被记录的飞白部分

这半世,苦大仇深,身体里
筑就一座斗兽场
魔鬼与天使,在梦醒时分
已杀得难舍难分

这半世,青春感冒,深度醉眠后
赶上谎言的中年
那一个又一个光鲜的人,躯体里
藏着被出卖的肉体

这半世,苍凉如铁,星座旁
挂满烈士的名字和画像
一个疲惫不堪的人,拖着秃笔
闭关写生

(选自《绿风》2020年第5期)

打开之歌

苍 耳

我打开百叶窗而夜晚依然紧闭
梧桐在冬天的掌中摇摆而我的纸孩子
不得不用一节铁轨去打开远去的火车
当江鸥翔集试图打开沉舟的秘密
花丛里那把高悬的利刃已很老了

让我打开小小的苍蝇之歌
以及冤屈和郁愤!让我打开
盛满灵魂毒药的瓦罐,直到洛尔迦
死后写下的诸多诗篇。瞧吧
你的脑叶距装订机还有几毫米?

至于那盘死棋随时可以打开我
飞象和闹钟看着我
慢慢老去。带着我的忧伤来到
你的河上,带着你的剪刀
我打不开旧年的菊花。还有哑默中
蝈蝈的梦境,任由霜降去打开吧
以便真相在地窖中重新发芽

哦,当恶劣天气像赞美诗一样打开
我是选择听狼外婆的煽情演说
还是被一群山雀灌醉,沿着葱绿的
方言和灯笼草返回黯淡的巢中?

但我打不开钟舌上的梦遗之年
那燃尽的豆灯之芯仿佛旧爱

你看,那河上悬挂的雾气像幕布一样
被打开了,而伤风的喉咙
却打不开一首故园的民谣。
那么请让我破釜沉舟!——
或者把苇絮搓成旧历的光线
再从断桥墩中取走闪电之刃!

（选自《蓝色鸟诗刊》2020年纪念专号）

论梦境

徐春芳

梦想没有正式编制
也无法如垃圾精准分类
只能在脑海里烟花美得魔幻
美梦噩梦幽梦春梦白日梦
一个连着一个的梦
如水面荡漾一圈一圈的漪涟
梦里的山河花团锦簇
多少英雄擦亮了刀剑
只为让一朵桃花在枝头笑得发颤
梦里,我自带主角光环
什么打怪升级修真成仙
三拳两脚就解决了麻烦
梦里,我一步跨越亿万光年
在时间的奇点上
袖手看到宇宙的坍塌和膨胀
毛细血管般延伸的虫洞
让我趴在宇宙的前沿窥看
如一个手拿莲蓬头淋浴的背影
朦胧着隐约而潮湿的欲望
梦想的旗帜在天空里高悬
眼里的星星无比灿烂

(选自《安徽文学》2020年第11期)

闲 居

黄 斌

春三月的周末　在家烧水煮茶
拿起一本巾箱本的李义山诗集
或袖珍本的坛经　翻一翻
看到哪页是哪页　窗外
天空是灰色的　楼房各有各的
色彩　桃李已谢
绿树在楼房之间深浅不一地穿插
天空　楼房和树　都是沉默的
只有鹊鸲　在清脆欢乐地叫着
在啜茶入喉之际　我感到
我们的存在都已被鸟鸣表达

（选自《诗刊》2020年4月号上半月刊）

莲及故乡的作物

卢圣虎

有没有这样的时刻：徒对四壁
适度的低头也是无援，唯有默认
心怀恻隐势必楚歌四起
举起拳头又放下，逼上梁山又能如何
翻遍古书找不到答案
于是溯源，想起莲及故乡的作物

淤泥为背景，离岸最近的最先被采摘
夏末只现残荷，成熟苟活一季
有了花或果实注定蒂落
蔚蓝映着绿野，天空如大地之檐
仍然容不下随风起舞的麦穗

这样的时刻让我心灰意冷
一箪食一瓢饮，生易行难
少不了周而复始的盛开和衰败
抬头是虚远的天，埋首是沉默的泥

（选自《散文诗世界》2020年第6期）

忽然想起祖母

然 也

一切毫无征兆但很具体
她背微驼,提木桶走在青石板上
步履缓慢。望见我回来了
眼光里透着欣喜
知道我在等候她
并不急于呼喊

吃罢晚饭,她要
独自去往城里的天主堂
准备住一夜,等候第二天的弥撒
她从堂屋正门出去
拄一根藤杖,不带他物
表情平静决然

我目送她缓步转过禾场
消失在老枫树背后
这是我最后一次看望她时的情形
现在,距离这个黄昏
越来越远,而这段默片
会反复出现

(选自《长江文艺》2020年第6期)

天　鹅

小布头

夜晚，我听见天鹅的翅膀摩擦
风的声音
它吮尽黎明前的黑暗
白中之白，汲取黑中之黑
顺从于季候的召唤，南北折返
长颈弯曲水中，脚蹼下沉，如深水不定时
向地表发出优美而神秘的波段
收听它的人，确信自己被美击中
是的，天鹅的诞生，是为了我们的一生拥有
哪怕一次动人心魄的美之体验
也可以说，它们的显现弥补了
人类的缺憾
它们飞过黑夜、白天，遭魔咒的少女
将得到永恒之爱。它们飞过湖畔
栖息过的湖泊都可能唤作天鹅湖

（选自《草堂》2020年第5期）

在湛蓝山庄喝酒

周鹏程

酒有花的味道,我有你的味道,你有诗的味道
都是陈年
有四十年以上
再窖,好酒也会胡须飘飘

人好,酒好,山好
不如我们一口把华巅池喝光
说好了
都是兄弟,酒少喝。说好了,都是兄弟
在湛蓝山庄必须喝酒
说好了,都是兄弟

比拳头硬
酒里有一座山的雄伟,酒里有一条河的流淌
酒里有一个人的青春年华,酒里
有一匹马在奔跑
酒里有一个不好不坏的人间
一年四季
春暖花开

(选自 2020 年 8 月 5 日《重庆晚报》副刊)

山水记

唐旺盛

那是宋元最好的女子。提着灯
从回廊里走下。我们说话
天幕像一幅巨大的留白
那时闲散。在纸上
弄一些枯墨。郊外
说不出的清寒。
斧劈皴,皴染出陡峭的后山
亮金色的寺庙下到地上
向盛唐再走几日,就是小青绿连续描绘的
峰峦。那里,每落下一片
都是癸卯年的叶子。

女子的红唇里,有江南缄默的檀香
肯定还有一些最好的山
没有被他们画到,等待逆流而上的人
突然转身。她开口说话
身后的高士,兰花一样转身,升起
落在峡谷的高处。忍住心惊
仍然画不出那篇细小的竹林。
从范宽到马远
最好的山水从廻缓到险峻。从米芾到董源
宋元最好的山水从简约到幽深
落满米家的墨点。癸卯年的树林仍然删其繁复。
癸卯年的云雾,仍然不事渲染

兰花一般升腾的高士纷纷落下
他们身影清晰,充满幽兰之香
几只乌鸦,穿过冷阔的裂隙
朝着远处的林间,飞去
翅膀,打落着屋外的寒霜

(选自《品读》2020年第9期)

沿河看柳

徐　敏

爱春天的只有河流,把最后
一块冰含在口里,水流
变得欢畅,清凛有声

爱春天的还有河边的柳,忍隐了
一个季节,终于开始活动手脚
伸展起还未调匀的清新

爱春天的也有河边柳下的
泥土,湿润松软得泛出地气
丢颗种子就会发芽,包括
丢颗希望的种子

我当然不会恨春天。必不可少
它要带走些什么,我已
逐年支付

每一次的春风扬柳,有每一次的
含义,爱和幸福都会
以一种生生不息的方式呈现

(选自《阳光》2020年第5期)

多想没有这样一个节日

林海蓓

多想没有这样一个节日
让人们忘记汨罗江 忘记粽子
忘记那些永远无解的"天问"

只记住"后皇嘉树"栽满庭院
只记住生生灭灭的匆匆轮回
只记住缤纷多彩的世间万物

这样 你能为众生
弹奏更美的音乐
留下更多的诗

而你的纵身一跃
千百年来让多少人时时警醒
活着 不仅仅只是生存

时间如江水流逝
似乎一切早已沉寂

其实过去的并没有过去
此刻 梅雨连绵
龙舟 菖蒲 香囊 雄黄
无不在提示
有人一直活着
即便肉体消失

（选自《扬子江》诗刊 2020 年第 6 期）

茶花女

王杰平

我想看你不带上花的样子
也想给你取一个接地气的中文名字:
春芳、秀琼……

——玛格丽特和阿尔芒啊
你们的爱情
为什么回不了家乡

爱情是神的恩典
而我是无法获得救赎的男人

眩目的也不是闪电
撕裂暗夜的白马　骑着飞翔的翅膀……

我唤一声玛格丽特
就会出现英俊的阿尔芒　但是

——玛格丽特和阿尔芒啊
你们的爱情
为什么回不了家乡、

(选自《鸭绿江·华夏诗歌》2020年第3期)

玫瑰上的雨滴

王 童

茸茸的雪从空中盛开飘落,
飘落在玫瑰的花瓣上,瞬间化成了雨。
红玫瑰梳洗着脸,花朵殷秀鲜嫩,
白玫瑰溢出了泪,娇羞又悲伤。

这是情人的信物,
这是芳唇的润泽。

花坛旁心的碎片叠加一起,
花房里插枝的姑娘玉手纤纤,
玫瑰上的雨滴清音啾啾。

今天是你的节日,
今宵花好月圆,
玫瑰上的雨滴诉说着愁情。

(选自王童诗集《寻找旅行者一号》,作家出版社2020年10月版)

江湖之上尽是白发

李鲁平

天下的芦苇都来到了三江口
每年一次广大如海的集会
只是没有横穿千里的高音喇叭
几十公里长,几十公里宽
江湖之上尽是白发
它们静静地挨着,站着
等待大水的启发
可能水并不如约而来
明年春天它们仍会脱胎换骨
几十公里长,几十公里宽
仿佛无边无界的水田
它们还是静静地挨着,站着
那些好兄弟也不例外
或青壮,或苍老,或如矶,或如锚
但都迎着三江口,直挺挺
江湖之上,船横着,兄弟们站着
像一根根芦苇

(选自《延河》下半月刊2020年第5期)

母亲，旷野二月兰

段光安

春天，母亲的坟上坟下
长满二月兰
像是母亲生前遗愿
铺下的缤纷地毯

微开的花瓣，闪着晶莹的露珠
母亲含笑，我的泪花在闪

深夜，常想起二月兰
她点燃我回忆中的永恒画面
母亲端坐，我移步靠近
二月兰，留在我心上的花瓣

又是春天，在漠南
二月兰漫坡遍野
恍惚中看见母亲身影
好像和我一起把时光追赶
坡上坡下，站满母亲的形象
二月兰连成一片，一直铺向天边

（选自《天津文学》2020年第5期）

痛

林双川

千百年
巨浪不断冲击礁石
我想
礁石一定很痛
海水也一定很痛

狂风暴雨
山崩了
泥石流淹没村庄河流
我想,村庄很痛
山也很痛,水也很痛

赤日炎炎
花朵和禾苗晒死了
我想,花一定很痛
禾苗很痛,土地也很痛

村头
又一间爬满青藤的老屋
无声无息地塌了
我看不见它轰然倒下
我想,老屋肯定有痛
青藤也会有痛
历史也有痛

一块玉石
被雕琢成精美的一朵花
我想,千万次的击打
玉一定很痛
琢刀也一定很痛

地震海啸
雷鸣电闪空中
我想
空气应该很痛
自然也很痛

生我时
我不痛,母亲痛
母亲走时
她不痛,我痛

(选自林双川诗集《南方北方》,中国华侨出版社2020年12月版)

坟

谭 滢

只有在乡村,才能看到散落在
沟沟坎坎的坟墓
就像一枚枚熟透的果子
或者并未熟透,被虫噬咬而掉落
每个土丘都有牵挂的人
即便不说话,不喘气,也是亲人
每年,土丘都会和亲人见面
互诉衷肠,外边的人告诉里边的人
外边的事情。里边的人默不作声
外边的人就用泪水反复诉说
那些泪水落地后都生根发芽
或变了细小的草木
那些细小的草木上常有
带着翅膀的飞虫,飞飞停停
人们猜测那是死去的人的魂魄
他们在这人世间变着法儿地
相亲相爱,难舍难分!

(选自《草堂》2020年第10卷)

空 城

陈巨飞

飘满梧桐叶的小街道,除了落叶,
都是空的。酒馆外稀疏的行人,
手放在口袋里,
他的口袋是空的。
他曾捕捉一只鸟,白头翁,
一生的白头也是空的。
他的香烟,香烟里的回忆是空的。
他住在哪里,哪里就是空城。
一城的风雨,是空的。

(选自《星星》诗刊 2020 年 8 月号)

翻译官

高红艳

在我们争论
女贞和冬青是不是
同一种树的时候
柳条绿了,杏花开了
我们的争议
暂时搁置
风大
裹挟着春寒
扑打脸面
向西
是依然耀眼的夕阳
向东
一轮浅浅的半月
已爬上三十三层的高楼
月亮隔空俯视太阳
这使得他们的对话
——意味深长
我站在他们中间
看看这边,看看那边
像是一个空心的
——翻译官

(选自《作家天地》2020年第3期)

小银匠

黑　泥

月亮在天空锻打。大地
一片明晃晃的银子

我站在草垛旁,或槐树下
仰面天空,大声叫它小银匠

一定有人和我一样
期盼月亮
将明晃晃的银子,锻打成
一粒粒思念的文字
投寄给八百里以外爱情的信箱

月亮,月亮,多情的小银匠
这样的夜晚,依照
我心的模样,将明晃晃的银子反复锻打

(选自《星火》2020 年第 3 期)

三 月

姚 彬

三月是一个古老的邮局
热爱、离别、孤独互不干扰
在密封的绿色铁皮桶里花红草绿
我是那个流浪的中年,以前铁匠铺的学徒
手里握着枯枝,去年它还在繁花里
我把它当成另一个自己
也想过枯枝发新芽的事情

我不知道要遇见你
一如假设那般
耀眼的美,迷人的危险
我不知道会深陷其中
一生的迷乱如此贴近
树枝开始潮湿,铁皮开始融化
原来我的双手不仅开满鲜花
还长满鸟声
三月再生　我的中年一忍再忍
和百合一起熬白头

(选自《作家天地》2020 年第 12 期)

大风过境

王江江

大风用一棵树轻易地
折断了另一棵树

只不过是一阵大风来临
一棵树就轻易地背叛了
另一棵日夜站在他旁边的树

那些接纳着相同的阳光
也完成着相同阴翳的枝叶
转眼间就往另一棵树
最脆弱的地方吹去

大风过境,大地荒芜
总有一棵树要先认输

(选自《鹿鸣》2020 年第 4 期)

等落日的人

王文军

落日一直在落
看上去,它似乎
无法控制自己

等落日的人
在即将到来的黄昏里
像一粒草籽,抱着
开花的愿望
当落日真的像落日一样
在他的眼睛里
一直落下去
他甚至记不得
落日是从哪个地方
落下去的

眼前的落日以及过去的
每一个消逝了的落日
它们把万物抛进了黄昏
不论你身在何处
时光都是永恒的别离

(选自《海燕》2020年第2期)

月亮在叫

李 松

是的
是月亮在叫
当我把眼睛沉入黑夜
当黑夜被渐渐稀释
那些轻微的颤栗
从深邃的空中传来

在家的上方
一轮惶惑的月亮在叫
它的声音
从一粒尘埃
传到另一粒尘埃
从一片光亮
传到另一片光亮
消失在自己的神话里
了无痕迹

月亮在叫
无人能够目睹它的枯槁
疏影以外　　是一次坐看云起
是一次寂寞的诉说
在一夜烛照的庭院
我静静地　　守望着
一个故事的结束

（选自《威宁诗刊》2020年第1期）

口 琴

陈晓松

风用另一种语言,演算
我与故土的距离
炊烟和村庄,从一个个出口
跃上音阶

此刻。月光
照亮破旧的宗祠

大雪覆盖之下,母亲满头银发
在远方,喊疼我的乳名
而我嘴里,正含着
旧了的故乡

(选自《作家天地》2020 年第 6 期)

夏 至

孙桂莲

选择在一片莲花中静坐
默默诵读一卷经文
搜尽尘世所有的美好,在诗间
把最长的白昼高高举起
一缕缕呼吸,含着清香
便次第氤氲荷塘

绿色在拔节,思念也在疯长
蝉儿憋了太久的情感
刚一开口,热度就顺势攀高

这个节气,与火有关
各种热情万丈的词语
正大汗淋漓地赶往心田
蓄势,煮沸情愁

（选自《读书文摘》2020年第7期）

谷 雨

王志彦

春天的最后一场舞会
被一株牡丹预定。庄禾冶荡
无尽的葱茏有如表述

一个节气顺从了雨水
一个人顺从了土地的泛情
一片树林顺从了摇来摇去的鸟巢

尘世多么明亮啊,在雨中
当一杯茶水让一个中年人想到一座果园
当一滴鸟鸣打动了瞄准的枪口

万物开始心照不宣
一只蚕,一片肥美的桑叶
正在把一个下午变得澄明而绵长

灵魂在野,有着谷种的光晕
没有偏离生活本意的,都是一种幸运
包括无喉者细小的寂静

(选自《作家天地》2020 年第 6 期)

铁轨的秘密

张　元

我再次踏上了辽阔的旅途，在枕木间
对远方说出了热爱
我开始在云朵间，重新回归山林
我想要在铁轨的左右横竖之间
忘记心跳急促的呼吸
每次黎明升起，我都无法从回忆中醒来

当天空和大海交叉折叠
在一片蓝与另一片蓝之间，时间的笔墨
还没有来得及写下春天
迟到的秋风，一遍遍轻抚过残损的基石
沦陷的伤口，是一生都无法原谅的承诺
间隙中琐碎的时光，恍若被压褶的命运
在无人的夜晚，一次次翻来覆去
又一次次热泪盈眶

（选自《中国铁路文艺》2020 年第 6 期）

蝴 蝶

杨启运

庄子的蝴蝶令人着迷
但眼前的蝴蝶也
令人欲罢不能

它的翅膀上有语言的秘诀
每一次扇动
都是那样清晰和决绝

如果再快一些
就拥有了眼花缭乱之美

这个小小的发动机有
联系万物的电流

每一个词语
都蝴蝶般迅速扇动翅膀

你可以飞向每一只
但又不可穷尽迷离恍惚的大海

（选自《作家天地》2020年第10期）

不安之书

笑嫣语

我折下如水的夜晚,走过小暑
绿荫澄明或阴郁,这无法则
簇生的夏日,完成了昨天

朝圣路上,有人拔高了风
凤凰树不停歌唱,七月第一日
追寻一只火烈鸟,梦回过去和遁入现在

谁能比我更惧明天,黎明到来前
存亡只是虚无的图像,没有人比我更不安
起风的天空,有马匹进入夜色

我热爱的小宇宙,缰绳缚住月光
你沿攀援树木的手,勾勒草图
绵软的,干裂的,赤裸的

间或一种战栗,非要我迷失黑暗之海
颠簸颤音,非要我扯来发尖一缕荣耀
装饰突如其来的预言

(选自《边疆文学》2020年第6期)

木槿花

王从清

清风鸣蝉里
时光模糊了故乡的消息

打望一树木槿花
粉色发亮的木槿花
那是故乡的眼睛
明媚如初
明媚里潮湿一声叹息

远在北方,看一树木槿花
蓝天白云下开满诗意
香气馥郁里
无限风情尽收眼底

(选自《神州》2020年第7期)

秋雨如期而至

成 颖

等不等雨,风不看重这些,
能为我们做到的,
是秋日到来之际,林间的鸟巢
不被山雨摧毁,
它们一直在高处飞着。
是生命的呼啸,
没有人可夺走它翅膀下的风。
头顶的上方,
白色的花,依然在蓝天下开放,
秋雨如期而至。
热开始融化,街景开始融化,
一切都变得虚无。
我听到了
细小的动物,纷乱奔跑的声音,
像我一样的忙碌。

(选自《作家天地》2020年第12期)

苍耳的春天

姚凤霞

这季节
万物都有了飞翔的欲望

春风浩荡
小草在大地上迅跑
杨柳每一片枝叶都是翅膀
一对野鸽子
煽动嫩绿的麦苗
紫燕多情
为村庄裁剪春天的衣裳

我注目一颗苍耳
不知何时,挽住我的裤脚
像小小的影子,不声不响
这应该是去年的苍耳
寒冬留给他一身的枯黄
我知道它小小的心思
想跟着我的脚步
在春天里流浪

我不能摘掉它
不能停下脚步
我感觉,一颗苍耳正带着我
走向春天

(选自《诗选刊》2020年第8期)

阳光下的假面

牧 野

不是所有在阳光下的,都阳光
也不是所有在黑暗中的,都黑暗
熙熙攘攘的七彩人间,所有人
都戴着有色眼镜,看到的一切
或许,都是自己的假面

只有在醉后初醒的黑夜中,我的眼睛
才可以看清人的模样
一张张熟悉又陌生的侧脸
被岁月侵蚀的轮廓,以及刀的阴影

(选自《浦东诗廊》2020年第9期)

阴 影

森 森

入冬之后,我房间的窗户微开着
有好几次,几只小黄蜂不知如何飞进了房间
像是觅食,又像是迷路
绕着天花板、墙壁、衣柜、窗帘
或者趴在透明的玻璃窗上
每一次我都尽快打开窗户,一只一只地
把它们引出窗外
一天中午,一只小黄蜂的尸体躺在窗台上
被阳光覆盖,苍白得像我的脸
而窗闭着
从那以后,每一次我在关窗之前
都要仔细四处察看
好像我是一个做错事的人

(选自《星星》诗刊2020年第8期)

纸 背

叶德庆

小时候,没有橡皮擦了
沾点口水,抹去错别字
一抹,作业本破一个小洞
撕下作业本一角
粘一粒米饭,补在洞上
许多这样的补丁

渐渐长大,再也没有弄破纸背
也没有写出力透纸背的文字
直到有一天
写一份父亲的生平
我迟迟无法动笔
簌簌的泪水
滴在纸上
透过纸背

(选自《延河》2020年第3期诗歌特刊)

在没有乌鸦之前

窗　外

那时,天地之间如倒扣的锅
盛满了黑
那时,乌鸦都是白色的
那时乌鸦还不叫做乌鸦,叫做喜鹊
一些喜鹊,它们歌唱
这黑暗的合理部分
另一些,它们说着危险
说前方有光,说打开
这人间就撒满光芒
它们用嘴,啄天地之间的黑
每啄一下
自己就黑一分
人间就明亮一分
最后,它们把自己啄成了乌鸦
而另一些,喜鹊还是喜鹊

(选自《诗刊》2020年2月号下半月刊)

河 谷

姚 晨

苍茫正高过我的视线
行走在路上
炊烟发烫的音质
适合牛羊与毡房一起没入黄昏

我请求月亮不要落泪
请求鲜活的库姆孜琴重返
在春天,播种所有啼鸣。在秋天
诵读所有的晚霞与惆怅

但今天,我抱紧松涛、夜色
欣喜与孤独
偌大的河谷在高处
以雪的笔触
抒写一条河流的乳名

(选自《伊犁河》2020 年第 3 期)

譬 如

阿 苏

边疆的屋檐上,二月的春雪
在奔跑

一片辽阔的雪啊——

而此时,一瓣雪花,携带一粒词
扑入我的怀中
我必须学习雪花的纯粹
清洁内心的尘土

是的,面对春雪,我会礼赞
并且写一首诗
诗里飘飞着漫天大雪
覆盖身体里的
荒凉

哦,轻盈的雪花,带着冰冷的白
从我的身旁一闪而过
仿佛一个人
返回
一夜霜雪的家园

我闭上眼睛,听着落雪的声音
轻轻擦亮一些词语
譬如霜天,寒鸦,炉火
和冰清玉洁

(选自《西部》2020年第6期)

含羞的郁金香

闫汝明

躲在镜框的边角
忍着细风撕扯的阵痛
一晃一晃地
似乎要想挣脱
花瓣的裹挟

用尽浑身的力气
将血红充盈
每一个能够通达的
毛孔

难道
仅仅就是为了
表达那一刹那的
娇羞?

(选自《伊犁河》2020年第4期)

隐　宿

何青峻

我又要去山林采摘野果子了
头一次,我推开那扇横钉着木板的门
有着橘色的涂漆,晒干后的颜料
连同铝桶一块被扔在后院的土埂上
已许久没人从这扇门出去,到远山去
关门时的转轴发出缺油的干裂之声
我沿着那条路走,穿过低矮的灌木叶和树枝
我回头看静置了一夜的围着栅栏的砖房
齐平红色房檐的浓雾像试管中分层后的絮状物
等我的松鼠女友醒来,我已走远了
暂不归返。直到湿润的山原季风折回
往复。在其星球渐变的色阶中

（选自《诗刊》2020年4月号下半月刊）

夕阳辞

黎 凛

远天,悬一面光芒四射的镜子
镜中人
竭力击退不断围上来的乌云

像惧怕熔化于起伏的黑夜之海
他挣扎着
吐尽生命最后的光焰

那最亮的一缕光芒
瞬间,让人不敢直视
并流下热泪

最终,他消隐于自己遍撒的花环
浓云合唱着黑夜的葬歌

(选自《长江诗歌》2020 年第 4 期)

和女儿观鱼

苏启平

女儿观鱼的愿望像故乡的山
宛如我儿时的顽皮与顽固
坚如磐石,田野神态憨厚
风可以吹起雨伞,吹起落叶
吹进温暖厚实的棉衣
却无法改变孩子瞬间的念想

水塘像一块墨绿的翡翠
仰面朝天,菜叶四处飘零
想象比孩子的愿望更加天真
鱼在眼前的水里,在女儿的心里
对面是一树黄灿灿的橘子
像飞向空中可爱的精灵
孩子是比冬天更纯洁的季节

(选自《参花·青春文学》2020年第3期)

行 走

熊 芳

我每走一步
都感觉脚心窝踩着一个名字
我一直以为我是一个人
平静的水面遮掩沉思的顽石
那些散落在天涯海角的同伴
总是乘着白云来看我
不仅仅是某个人,还有草木、花鸟
亦或是猛兽、洪水、飙风、静默的虚无
他们变着法子粉碎我又拼凑我
我听到眼泪一滴滴落入泥土的声音
如果不是那些可爱的灵魂咬掉内心的抗争
我不敢再向前移动脚步

(选自《湘江文艺》2020年第1期)

卖水果的母女

刘 卫

水果摊,被晨曦渡上一层金粉
水果张着恋人般的红唇
向生活
摊开灿烂的阳光

守摊的少妇,华年褪尽
身边一个瘦弱的小女孩
她有一双突鼓的斜眼睛

我的怜悯很陈旧
她们家发生了什么事情
一少一幼,如若一堆青果
生涩涩地发苦

(选自《四川文学》2020年第11期)

特辑
朗诵中国

赞红叶

石 祥

茫茫神州,片片红叶;
闪闪红星,昭昭日月。

一九二七,哀鸿遍野。
军阀混战,四分五裂;丧权辱国,山河呜咽。
一场浩劫,李大钊壮烈牺牲在绞刑架下;
一座丰碑,在苦难和辉煌历史上留下火红的一页。

凭什么不许烈士灵柩入土香山墓地?
反动政府和残暴军阀,心惊胆怯。
无名棺材在北京宣武门外妙光阁里停放六年之久!
英灵死不瞑目——两千一百九十多个日夜!

那个留平头,着蓝布长衫的人哪儿去了?
东渡日本去考查访问,北上莫斯科去追寻马列?
又重返故里唐山乐亭访贫问苦?
为救国救民,挑灯夜战,在红叶上题诗,书写……

"铁肩担道义,妙手著文章"
八千里路云和月:
"勇往奋进以赴之,断头流血以从之"
三十八岁为革命从容就义,虽死犹生,真豪杰!

一个无眠之夜,只见一团火光明明灭灭;
宣武门外突然响起阵阵哀乐。
和尚、道士、杠夫,簇拥着一具棺椁;

孝子、贤孙，举着挽幛、黑幡，哭爹叫爷……

是谁家趁夜黑出殡送葬？
为什么秘密行动披星戴月？
是谁向空中抛撒串串纸钱？
如天女散花、漫天飞雪……

遇见红灯，纸钱化作一片红蝴蝶；
通过绿灯，纸钱化作一片绿蝴蝶；
映衬蓝天，纸钱化作一片蓝蝴蝶；
追逐白云，纸钱化作一片白蝴蝶……

一路送葬，一路宣泄，感天动地，轰动四野！
共产党万岁！李大钊精神不死！民愤高昂，群情激越。
血债要用血来还！
阶级仇要报！民族恨要雪！

从宣武门到西四北大街
再到香山脚下，
各界人士纷纷加入送葬行列。
魂飞万里，终于归来，
李大钊灵柩隆重地置入"万安公墓"正穴。

每年四月二十八——烈士殉难日，
成群结队前来悼念的人们络绎不绝。
献上一束白花，插上几丛松枝，
吟诵一首悼诗，敬赠几片红叶……

李大钊生前酷爱红叶，
经常徒步从北大校园到香山景区观赏、采撷。
日以继夜地在红叶上铭记警世醒言，
红叶凝聚着他的意志和心血。

如愿以偿，北京西山红叶漫天遍野，
那是革命先驱的耿耿忠心，高风亮节。
成千上万的民众到李大钊墓前拜谒，
人人都手捧心爱的红叶……

举什么旗，走什么路？
人生答卷，该怎样写？
李大钊是中国共产党的创建人之一，
我们前进在红色队伍里，请党和人民检阅！

"忘记过去，就意味着背叛"，
红色历史，需要继续谱写。
面对党旗，我们庄严宣誓：
牢记初心使命，永远忠于党和人民的事业！

红叶为什么这样红？
阳光、雨露，经霜、傲雪，
即使凋落在泥土之中，
也化作这方圣地的新鲜血液。

红叶为什么这样美，
镰刀斧头映日月。
数风流人物还看今朝，
你也是一片红叶，我也是一片红叶。

李大钊精神永放光芒，
中国特色社会主义鲜花开遍了原野。
听吧！新长征的号角响彻云霄。
我们开拓奋进阔步走在时代的前列。

（选自《神州乡土诗人》2020年第4期）

在军博，观看美U2侦察机残骸

刘笑伟

安静里藏着惊心动魄。正如一朵洁白的云
隐藏着闪电和风暴。正如一个名词
隐藏着形容词和动词的韵味。
气，就是这样一个词：这个词里
我可以看到气吞山河的气，
血气方刚的气，正气凛然的气，
怒目圆睁、令人胆寒的气也扑面而来
用胸膛与子弹较量的气，
把身躯交给烈火的气！这些气
把高空中的钢铁洞穿，把陆地上的钢铁
烧化。这些气，可以燃烧成乌黑天宇里
闪烁的金色星体。这些气，可以站立起来
背后是一面面壮美如画的战旗

惊心动魄里也有云淡风轻。正如动词
可以静静地转化为名词。击落是一个名词
成为军事博物馆展室中墙体的一部分
击落是黑洞洞的，折射着天空中的阳光
还有地面操作者高超的技艺。击落里
还隐藏着声音，七十年后金属撞击之音
还围绕着我的耳膜，轻轻地向我教唱
英雄赞歌。而此刻，北京天高云淡
正在享受和平的、充满花蕊和芳香的阳光

一次参观就是一次传奇。现在,军博的广场上
我挺立着,如导弹,可以拥抱云朵
如战斗机,可以随时腾空。阳光密密麻麻
编织着我的身躯。我是钢与气的融合体
正如晴天响雷,正如大海扬波
在天空与大地之间,激荡战争与和平的画卷

(选自《解放军文艺》2020年第11期)

黄文秀（外一首）

唐德亮

大山环抱的百坭村
一直被贫穷的藤蔓围困

黄文秀，一个秀气的姑娘
揣着一颗镌刻着铁锤镰刀的初心
从城市来到这里，发誓
要用青春与生命　撕碎
笼罩山村几千年的贫穷阴影

她用脚板丈量百坭的山坡沟壑
把致富的霞光移植进来
把桔红的希望栽进这片温热的土地
用她的梦丰满乡亲们的梦
让贫穷一天天消瘦
富裕一天天丰满

一株株橘树挂着金色的灯笼
点亮一双双眼睛
"扶贫日记"记下她走过的风雨泥泞
每一页，每一字
都跳动着一颗炽热的大爱之心
她用生命精耕她的诺言
诺言，正生长一片片希望的新绿
蓊郁在百坭村人的心田

注：黄文秀，女，系广西百色市乐业县新化镇百坭村驻村第一书记，2019年6月16日扶贫驻村期间因公牺牲。

（选自2020年10月26日《兵团日报》）

美丽特色村

疑心走进了一个童话世界

青蛙在墙上敲响蛙鼓
美丽的红狐在雪地上划一道
红色的光焰　蘑菇撑着大伞小伞
羊，狼，熊，与猴子在丛林嬉戏
瀑布如一挂白帘，只是不闻
撞击悬崖的雄壮瀑声

绿湖装一朵朵游走的白棉
两列青峰在水中沉浮
荷叶田田，白鹭搞一圈圈微澜
村边的大片薰衣草舒展如锦情怀
田野的油菜花被太阳涂成金
吸引一群群游客
站在它们中间　留下金色的永恒记忆
之后纷纷将美的笑靥与瞬间
发给亲友与未来

（选自《诗选刊》2020年第11期）

太阳在上方检阅部队

周东浩

左眼里军队,右眼里国家
在天安门城楼看
在观礼台看
在电视机前看

全国人民都在看
只有太阳,在天上看
打开天空,伸出光线
拥抱人间和大地
拥抱中国北京
拥抱长安街和人流
拥抱车队和官兵
拥抱每一名战士的五官及头上的汗水
拥抱热气腾腾的空气
及无边无际的花海

只有太阳摸过女兵们的头
像爷爷
抚摸好看的孙女

这个日子,十年兴奋一次
长安街,一点也不觉得累
这一天的太阳,像眼睛
红红地、热热地,看

这一天的眼睛,像太阳
定定地、用力地,看
这一天的阳光
温暖、热烈、慈祥
火辣辣地灌下来
落地,刚刚好
暖得,天安门前的鸽子
扑棱棱飞上了天空

在太阳检阅下,男兵女兵们
带着汗水里的太阳
带着太阳下的影子
带着直线加方块的蛋糕
扛着十月一日,走远
十月的树叶,为此
拍红了手掌
月亮,一路上小跑
赶赴太阳的约会
这表明,太阳
对这队伍,十分的满意

(选自《诗选刊》2020年第10期)

一块标语牌

远 洋

在深圳蛇口工业区的一条道路上，竖立着"时间就是金钱，效率就是生命"的标语牌。

说它是冲破禁锢的第一声春雷
但最早听见的人胆战心惊
以为哪里发生了地震，要天翻地覆
捂着耳朵甚至筑起墙壁阻挡它的来临

说它是拱出冻土的春笋
可最早看见的人以为它是毒蛇
挥舞着棍棒群起而攻之
这刚刚露头的笋尖便夭折于人人喊打之中

在整个国土都冻结的年代
一个常识都会令人谈虎色变，都会石破天惊
料峭的倒春寒凛冽如刀
一小片冷风也可以杀人

写着口号的木牌交上了厄运
被拆下，被当作劈柴烧掉
这精灵却像凤凰涅槃从烈火中重生
历经三劫又翱翔在南海之滨

它更是杀出一条血路的呐喊

伴随着惊天动地的开山炮声
从此在人心中深深扎下根来
它萌芽的地方春潮涌动

从二点一四平方公里的蛇口半岛
蔓延到九千六百万平方公里的辽阔国土
把板结的大地炸开一个个缺口
将僵化的大脑从蒙昧中震醒

今天我们仍为它欢呼
向竖立起它的拓荒牛致敬——

（选自《诗刊》2020年7月号上半月刊）

在东海边筑巢

吴重生

人类，在东海边筑巢
需要有整个春天酿成的思绪
需要有海浪一样浪漫而且绵长的梁柱
需要请凤凰吹箫
招来百鸟和百花
然后，人类和万物一起浮出海平面
在这个名叫"宁波"的城市
放飞百鸟，播撒百花
让它们各自占领属于自己的领地

于是便有了那么多美丽的社区名字：
丹顶、紫鹃、白鹤、黄鹂
常青藤、牡丹、梅园、桂井……
在这里，人类居住的痕迹
像月亮上的桂花树一样古老
宁波人，是一群海滩上五颜六色的贝壳
他们从海底上岸
选择在有花影有树荫的地方栖居

这里盆栽众多：海棠、芍药、兰花
是谁，把它们放在一起？
又是谁，喝令它们在同一个时辰开花、结果？
这里每天都在嫁接春天、铺陈黎明
这里离东海很近，树木深广

这是一个双休日,与往常一样
安静,热烈,海平面悄悄升高
一个个故事在社区老楼道里演绎
每天,每夜,老屋都在新生

这是丹顶鹤社区一扇神奇的墙门
打开共享客厅,进入楼道议事会现场
就像引东海水灌溉整个江南
共享客厅里那一杯杯热气腾腾的豆浆
就是我们父辈家长里短的青春
居委会大妈、社工、小巷大总理
她们呼啸而来,又转身离去
多像大海浪花的喧哗,一刻不停
展露着共和国许多故事的精彩细节

                （选自《诗刊》2020年11月号上半月刊）

民族脊梁的山

强 勇

见识过大自然数不尽的峰峦
也曾登临世间许多巍峨奇崛的山巅

经历的一些事，让我见识了
一座用特殊材料铸造而成的山
堪称压惊之山，定神之山，稳心之山

比如眼下，面对突如其来的险情
有一个人，老当益壮，冲锋在前
看到同胞们染病的痛苦，他急红了眼
听到人群里有人唱起国歌，他泪流满面

他就是这样的一个人
对百姓情深似海，恩重如山
从以前的非典到现在的新冠病毒肺炎
他以自己一双勇于担当的肩
撑起了一座让人信赖的安全的山

这座大山啊，是一座
有灵性的山，一座有生命力的山
山一样的意志，如中流砥柱
山一样的胸怀，宽厚无边
山一样的作风，沉着镇定
山一样的品格，经得住风雨雷电

都说人外有人

他就是那妙手回春的高人

都说山外有山

他就是镇得住狰狞魔鬼的高山

他的名字不用我说

他的名字里就有一个山

他已走进每一个中国人的心里

铮铮硬骨,宁折不弯

是一座值得我们

引以为自豪和骄傲的民族脊梁的山

(选自2020年2月6日"爱心诗社"公众号)

大河词（外一首）

赵克红

我看见，它正汇入我们
一条大河，携带着
辽阔、沧桑和漫长的坚韧
汇入了人类的大海

远方一定有翅膀扇动
一定有山崩地裂的故事
而我只看见
一条奔腾而来的大河
哦，我称它为伟大的生命

一个拖着沉重行李的生命
如此疲惫却又义无反顾
像一支箭，从不走回头路

列车上

一首长诗
在祖国山河大地上朗诵着
而我
是一粒饱满的汉字
等待着
被一块铺路石
用仄音读出

（选自《莽原》2020年第4期）

北上无音讯

陈昌华

爷爷兄弟四人，
全都当了红军。
当年参加长征，
一去再无音讯。

奶奶等待了一生，
哭瞎了一双眼睛。
直到建国之后，
终于盼来了光明。

乡里的邮递员送信，
送来了太久的苦等。
但信封里没有信件，
只有一本烈士证。

证上一片空白，
只有小爷爷的一个姓名。
备注一栏有五个字：
北上无音讯。

奶奶抚摸着烈士证，
轻轻把小爷爷询问：
你怎么撇下了他们，
独自一个人回村。

奶奶含辛茹苦，
独自拉扯着我们。
无论日子再艰难，
她都没怪爷爷狠心。

山上的杜鹃开了谢了，
奶奶夜里总留着门缝。
她怕爷爷找不到来路，
她怕爷爷回不了家门。

有时夜深人静的时候，
奶奶会摸摸那个小证。
爷爷倒在了哪条河流？
爷爷埋在了哪座山峰？

什么叫血流成河？
什么是九死一生？
问苍天苍天低头，
问大地大地无声。

奶奶过世留下嘱托，
要继续把爷爷找寻。
沿着红军走过的路线，
孙女开始寻找爷爷的脚印。

终于在湘江岸边，
在红军烈士纪念碑的碑身，
她找到了小爷爷的名字，
他在此把最后一滴血流尽。

而在那座巨大的陵园，
无数的墓碑无名无姓。
孙女回到了奶奶的墓前，
向奶奶报告最后的追寻：

中央红军八万子弟兵啊，
走到延安只剩下八千人。
爷爷他们兄弟四人，
早跟七万多战友长眠为邻。

他们没有走到最后，
青山处处有他们的忠魂。
他们用自己生命的光辉，
点燃了共和国壮丽的黎明。

（选自《解放军文艺》2020年第4期）

易地搬迁

林目清

扶贫队来了
三人小组,第一书记
一声号令
精准地把一个小村庄连根拔起
移栽到山下的小镇上

这是一次历史性的战略转移
蚂蚁族群还没反应过来
其它来不及思考的东西还有很多
这个贫穷的海拔高度
千百年来无法丈量
只有彻底地瓦解它的海拔高度
斩除它的根源
让它在富地着陆
贫困才能根除

这里的许多动物
从此没有人的相依陪伴
许多植物失去了人类的温馨
它们从此退出人类文明
在此的千年艰难开掘历史
重回原生态
这里,鸟儿欢飞
不断带回山外改天换地的好消息

(选自《诗刊》2020年10月号上半月刊)

仰望红船(外一首)

赵 琼

一些可以做镰
也可以做锤的铁
在一汪呢哝软语滋养的湖心
与一片又一片怒放的荷花
歃血聚义
并在以倒映晴空为己任的水里
找到了,适合播种与锻造的
模范之土
以及适合崛起、生存和繁衍
这一系列事物振翅的翔迹
本着将种植和收割的本义
还给民众这一初心
一群人,将民生,尊严富强等
需要仰视的元素,一一绘入
与一座江山相对称的
一册蓝本

正是因为
在这颗种子一般的灵魂里
植入了为人民服务的基因
至死不渝的信念
才被忠心和赤胆,种在了铁里
并让喷薄的光芒在禁锢中破壁
也惟有金属的硬度和坚韧

才能承托一座长城

所赋予的使命和责任

在这种景况下

江南的七月的那一枚骄阳

在铸剑人的手心,将一艘红船

还原成了炽烈无比的器皿

让红色的热血和红色的火种

在烈焰之中交融

让黑暗中的苦难和腐朽

全都化成灰烬的同时,照耀山河

万年屹立并葱茏无比

(选自2020年7月8日《解放军报》)

秋阳下的战士

在十月,在如阳光一样金黄的

大地之上,像我们的生命

将成熟于祖国赋予的事业

我们努力学习着高粱

将自己的头颅,不断地上扬

更像秋阳之下的那些硕果

和所有可以结实成粮的穗

在一面红旗的乳汁里

尽情吮吸,能够滋养骨骼的养分

我与所有,一日一日都在成熟的

谷子一样努力

一层一层地,让磨砺

褪去体内所有的青涩和娇媚

让铮铮骨骼清晰可辨的脉络
来彰显无畏更深一层的本义

在十月,可以放下的事情很多
包括团圆和相聚
惟有职责和献身
在战士的季节里,日积月累
集结成更加葳蕤的忠贞
并与体内所有的血液和骨髓
一起,统统交到
战士紧握钢枪的手心

(选自2020年10月3日《解放军报》)

我的天空是清澈的

胡松夏

穹庐高悬
风与云朵掠过蔚蓝的天宇

热血再一次沸腾
那一具具被正义击落的曾肆虐高空的残骸
依旧成为人类历史的分水岭
我相信
正义的高峰一定会光芒四射
随时都可以迸发出核聚变的无穷威力
犹如源自东方文明的博大

我的天空是清澈的
绝不会放任苍蝇的飞窜
即便,狼与猎狗
终将成为大地上最轻微的腐朽

砾石之上
酝酿着青铜的传奇
某个时刻,锋利无比的箭簇必将射穿所有的傲慢

(选自《解放军文艺》2020年第11期)

大庆王进喜纪念馆

张　浩

走近你
我的心，与地球同时颤动
莽莽荒原，像北极一样寒冷
你的心，和岩浆一样灼热
在那个寒星闪烁的夜晚
你与同伴
伫立在一个没有路的风口
雪花与霜花
为石油人送上洁白的礼赞
等待着新生的冬苇
期盼着春光的燃烧
躁动的原油　在这里等待了亿万年
它渴望与日月拥抱
它渴望与你的激情一同燃烧

1205的旗帜在风中舒展
你的声音震撼了一个民族
石油沿着铁人的脉搏流向世界
一代人，就这样走进历史
是精神与气魄的交响曲

走近你　坚冰化作溪水
文字流淌成诗行

（选自2020年7月9日中国论坛网）

离太阳最近的地方（外一首）

毕俊厚

太阳的光泽逐渐有了层次感
先是在村口的树梢上，做了停顿

然后，像一位慈善的老人，用内心的温热
呵尽铁钟上积蓄的霜气

当阳光一步跨到屋顶的时候
整个山村，仿佛一下子
镀了一层金光闪闪的铜釉

村东的李老奶奶，失明多年。一块块光伏板
仿佛种植在心底的太阳，彻底打开幽闭多年
的黑暗

那么多贫困户，都在种太阳。他们都成了
离太阳最近的人

搬迁户

他们多像一根藤蔓上，结下的几颗
苦瓜。他们，多像在皱褶里生活的人。
一水的，黑
一水的，佝偻着腰脊
一水的，用盐巴熬煮着日子

如果春风不来,他们宁肯荒死山头
如果,雨露不来,他们宁肯为自己掘下深深的
　坟墓
从大山里走出来,他们贴上鲜亮的标签
——搬迁户

我在走访的时候
路边,一棵歪歪扭扭的大柳树下
正开着几十朵幸福的小花

(选自《草原》2020年扶贫作品征文专刊)

千亩梨园

泣 梅

荒山是它,绿海是它
经历了怎样的变迁
年轻的梨树学会了负重
一起弯下腰,顶着果
保持随手采摘的高度

我分不清哪一棵是黄冠梨
哪一棵是翠冠梨
但我知道,有一片是贫困户的
有一片是低保户的,还有残疾户的
他们纷纷要求入股,入的
是一份信任,更是满满的希望

崭新的太阳能灭虫板
像高高矗立,守护梨园的灯塔
一个梨子,一分红利
梨子走出千亩梨园,走出羊鹿山
离的是荒,是愁,是贫穷

穿梭梨园,阳光照亮乡亲们的笑语
也照暖梨树油亮亮的新叶
这富有的亲戚
俯身火红的观景步道
聆听着村庄奔跑的回声
我像风,贪恋这里的清新和广阔

(选自 2020 年 4 月 30 日重庆作家网)

升 旗

戈三同

在扶贫援建的村小
巴掌大操场上,一把旗杆
挑落晨星

一面鲜艳的红旗
是几十个露珠一样的孩子
抬起右臂,齐刷刷送上蔚蓝的天空

从此,爬坡、涉河
走过漆黑的夜路。灯下
安静地写出每一个笔画

不用抬头
他们心里也知道
这一天,祖国在俯身看着他们

(选自《草原》2020年扶贫作品征文专刊)